风吹
草木香

黄水成 著

海峡出版发行集团 福建少年儿童出版社
THE STRAITS PUBLISHING & DISTRIBUTING GROUP | FUJIAN CHILDREN'S PUBLISHING HOUSE

图书在版编目（CIP）数据

风吹草木香 / 黄水成著. —福州：福建少年儿童出版社，2023.5

ISBN 978-7-5395-8206-1

Ⅰ.①风… Ⅱ.①黄… Ⅲ.①散文集－中国－当代 Ⅳ.①I267

中国国家版本馆 CIP 数据核字（2023）第 057373 号

FENG CHUI CAOMU XIANG

风吹草木香

著者：黄水成
出版发行：福建少年儿童出版社
http://www.fjcp.com　　e-mail: fcph@fjcp.com
社址：福州市东水路 76 号 17 层（邮编：350001）
经销：福建新华发行（集团）有限责任公司
印刷：福州印团网印刷有限公司
厂址：福州市仓山区建新镇十字亭路 4 号
开本：700 毫米 × 1000 毫米　1/16
字数：121 千字
印张：11.75　　　　**插页：**1
版次：2023 年 5 月第 1 版
印次：2023 年 5 月第 1 次印刷
ISBN 978-7-5395-8206-1
定价：28.00 元

如有印、装质量问题，影响阅读，请直接与承印者联系调换。
联系电话：0591-87881810

序

草木无言

　　有一段日子，我总是穿梭在一座座繁华的都市里，在霓虹闪烁中，我看到一排排整齐的行道树。它们温顺低垂，只有在起风的时候才抖动身姿。作为身在异乡的客，我常趋步上前，向一棵棵树打探："君从何处来？"它们以风的姿势向我摇摇头。我对每一棵树都致以最大的敬意，试图走近这一排排的行道树，聆听它们的语言，很长一段时间，我一无所获。直到有一天，我站在一座高楼上，看到楼下有一群种树人，他们把一棵棵刚运来的、碗口粗的树种在人行道上，我才明白树也是有命运的。这一排排行道树就在这一瞬间被命运之手所安排，我也一样，我们必须在某个地方待下来，从此风雨独当。我理解这些行道树沉默的背后，都隐含着巨大的苦难，每一棵树都必须以佛陀般的修行去面对一生。

　　二十一世纪初，我转业回县城时，县城迎来一波建设高峰。突然，我发现自己和街边的小树苗都是这个城市的陌生来客。从此，我格外留意街边的每一棵草木，看着它们从小树苗日渐长成一棵棵高大的行道树，从中感受到一股生长的力量。同时，我也留意那些意外受伤的行道树，它们总是活得小心翼翼，甚至在别人的钢管和拳脚中活得瑟瑟发抖。它们有的因水土不服而夭折，有的因过度张扬而被一夜拔除，有的因遇邻不善而成了长不大的侏儒。然而，在异乡的街头，不管遇上多大的苦难，都必须以坚挺的身躯，风雨独当。

草木从不记恨过去，不管多刻骨铭心的日子，都如日常，都不自弃，竭尽所能坚持到最后一秒，活下去，终其一生活成一株草或一棵树的模样。我在无意中听见了它们的语言，这些年，无论到哪儿，我都放慢脚步，俯下身去聆听草木的歌唱。在山坳口，在村头巷尾，在深山密林，到处都有它们挺拔的身姿——小区里那一树繁花的灰莉，庄上大楼内那棵会咬人的漆树王，大石壁上那棵孤傲的苍松，大矶山上的红锥王……村庄里的一些老树已成了岁月老者，它们书写自己的传奇，也见证了村庄的历史。这一棵棵树，日夜生长在我的心底，成了岁月的注脚。多年行走，我在心间种下了一片森林。

草木无言，它们生来就有一种随遇而安的草木素志。无论花盆还是绿地，它们安贫乐道，一生不弃，终生都奔波在生长的道路上。乘着时光的小船，忽然回到了故乡，记忆的闸门又一次打开，我看见了童年的故乡，看见了那些生长在母亲田园里的艾蒿、益母草、车前草、鱼腥草；我也看见了童年山野里的金银花、多泥、赤楠、菝葜。我在记忆中不断还原草木的原貌，尽我所能，让它们活出一棵棵草木的精神来。这便是我的《风吹草木香》。

2022 年 12 月 5 日于琯城

目 录

第一辑　站如一棵松

第二辑　我家门前一棵树

第三辑　一树花开十里香

第四辑　恐龙的食物

站如一棵松

站如一棵松

　　没有风，沉默地立在那里，任人远远地打量，它就像一个旷古的侠客，除了天空，一切都不放在心上。在天空下，它把自己站成一件标本。

　　我对这土台上孑立的身影怦然心动，不由得紧走两步上前，眼光死死咬着不放。在我眼前，它突然像一座山。

　　冬日的上午，我和这棵孤单的松树打了一个照面。我觉得它更像一个日晷，脚踏大地，头顶天空，立竿见影地标出四季晨昏。一个姿势，写尽一棵树的未来。

　　松树的品种成百上千，走到哪儿都能见到它们的身影。它们总是给人挺拔、坚韧的形象。一棵迎客松足以代表一座山，立在满山石缝中的黄山松，给人以精神的一世孑立，一幅画能让大洋彼岸客厅里的主人心神摇曳，那是人与树的时空对话。读懂这伟岸的品格，一瞬间，胸中活过一片森林，树与人都傲然兀立。有品格的人，都心怀一棵松。千百年来的文人墨客穷尽风骚，仍难写尽松的精神与品格。

　　黄山上的每一棵松，或苍茫，或葳蕤，如草书般遒劲、顽强、坚韧。倘若仔细观看，还会发现它们盘绕的身躯给人很挣扎的感觉。黄山松都像被修剪过的盆景，似乎都只长着半个身躯，枝条伸向崖外，躯干与峭壁比高，远远望去，像从崖缝里伸出的一只只手。更让人惊奇的是，所有长在悬崖峭壁上的松树似乎都像被拧过一样，紧缩着"脖子"，肯定有双大手在时时"关照"它们，似乎想让这里的每一棵松都长得意犹未尽。试想，在这样壁立千仞的黄山上，为何唯独松树能破崖而立？一颗种子竟能在石头中活命，在悬崖上，把生命煎熬到形销骨立的精神本质，万物与自然充满抗争与妥协。黄山松让我看到了生长的沉重，与石共舞，天荒地老。从热带到寒带，松树有着令人景仰的纬度。

　　每个生命的成功都是一个奇迹，每棵树也都有一串成长的经历。一棵树能活到寿终正寝，是时代的传奇。黄山松，每一棵都是幸运树，虽艰苦，却也终老林泉。它们不会成为铁轨下的枕木，不会客走他乡，更不会成为家居用具。它们一生只与天斗、与石斗，让自己与时间展开一场漫长的比赛，只要足够耐心，就会安静地长成一处风景。

　　路边，多少孤零零的老树，它们的寿命都超过村庄的历史。狐尾松能活五千年，一棵树就是一部史书，一棵树活到令人敬畏，活成一部时间的简史。

　　我见过太多这样残存的风景，飘摇欲坠，空了身躯，一棵树把生命演绎到令人揪心的程度。然而，我还是喜欢松树，一年四季生机盎然，从未见过一棵病恹恹的松树。松树，活得毅然决然，一副凛然风骨。

　　你看眼前这棵松树，它站得多挺拔！

那一棵青冈树

如今，寿终正寝的老树愈发稀少，而活到令人敬畏的老树更是传奇。而长乐乡农家村村口这棵大树，竟活到了令人惊叹的年纪。

刚走到村口，突然感觉天空瞬间阴了下来。两个包抄过来的山脊把村口变成一个窄小的瓶口，高大的油松与各种乔木连成一片，浓密的树冠像云层罩在上空，若不是看到了村庄，总让人感觉走入了一片原始森林。

绕过一溪潺潺流水，眼前的平地上落满裂开的果壳，看来果实早已落入他手，或早被小动物捷足先登了。往前三五步，一抬头，一棵高大的乔木突然现在眼前。

走到跟前才发现，主干三个成年人都难以环抱。绕着大树走一圈，才看清这是一棵长得特别拧巴的树，它如一尊力士金刚，扭动着巨大的身躯，表情夸张，面目狰狞。它的躯干扭动得厉害，树干上还有高高凸起的脊背，像只猎食的鱼张开它的鳍，加上地面的板根，浑身上下到处都是紧绷的肌肉。这棵树活得筋骨毕露。

其实还远不止这些，仰望这棵树，只见千枝万杈都是筋骨毕露的样子，主干与枝杈都给人分外有力的感觉。仔细打量，这棵大树枝繁叶茂，好像有支大笔，在大地上用足了腕力向上一拧，然后顺势用力顿笔，枯笔向天空撇出，劲道十足，一树虬龙飞舞。眼前这棵乔木长得虽不挺拔，却给人极其遒劲的味道。

遒劲或筋骨毕露，也可从另一角度把它理解为瘦骨嶙峋。林地里到处是裸露的石头，还有暴突的根茎。这砂砾地原本就是一片贫瘠的土地，它严峻考验着山上的每一棵植物。谁都无法选择自己的出身，包括眼前的这棵树，从破芽立地的那天起，就开始一生漫长的比赛。它必须使出浑身解数去赢得这场比赛，赢过身边的同伴，赢得每一场雨露和脚下的每一寸泥土。这些都是它的命，不要说挑

肥拣瘦，或许连一片腐烂的落叶，甚至一缕微弱的残阳，它都必须紧紧捂住。只有这样，它才能多一线生机。这棵老树，让人看见了它几百年光阴的艰辛历程。

若不是树旁那块"福建第一大岭南青冈"的牌子，还真叫不上它的名字。林业专家给出四五百年的树龄，它是目前发现的全省最大的一棵岭南青冈。

青冈，又称"山毛榉"，是常绿乔木，木质坚硬如钢，是各种上等家具的首选；又因其树形高大，外形美观，在欧洲有着"森林皇后"的美称，深受欧洲人的喜爱。然而，青冈并非欧洲独有，从北到南，它遍布在我国的各个纬度上。

在植物的王国里，四五百岁谈不上高寿。曲阜孔庙里的那些柏树都活过千年，美国内华达州的狐尾松已活过近五千年。当然，不同的物种，寿命不同，对于眼前这棵青冈木来说，它已活到了一个天年的高寿。一棵树用尽了几百年的光阴，活出了它的坚韧。

其实，世间任何物种活到称王的份上都是非常孤独的。放眼这片森林，漫山葱郁，周遭尽管还有很多高大的树，但遍寻这片林子，也再找不到一棵像它这样高大的老树。或许在它还是一棵小树的时候，它的周遭还有很多参天大树，它们甚至比眼前这棵青冈王还要高大挺拔，但如今都见不到它们的身影了，只有它孤独地活下来，活成了一片森林的断代史。

每个生命的成功都是一段传奇。一棵树的成功，除了要赢得与同类的争夺战，还要躲过千万次虫害的侵蚀，躲过一次次雷击和山火，躲过无数场强风的侵袭，最终还要躲过刀斧的砍伐。而在山林里，越靠近村庄，越有被砍伐的危险，在同样一片林子中，长得越"俊"的树，风险越大。能躲过刀斧的只有一种例外，那就是村庄的风水林。毫无疑问，这棵大青冈不仅正好长在村口风水林的要害处，而且长得并不好看，这扭曲的身躯并非做家具的首选，它一次次幸运地躲过了村民打量的目光，何况它跟前还立有一座神龛。

　　这棵幸存的大青冈见证了一片森林的过去，在它的童年，这里或许遍地都是青冈林，现在它却陌生得让人难以叫出它的名字。如今，我们在很多村口都能见到成片风水林，偶尔还能遇见一些几百年甚至上千年的古树名木，它们让人看到森林过去的样貌。这些风水林不仅守护了一个村庄的安宁，更是一片森林的遗存。它们留存了一座宝贵森林的基因库。直到离开，我才反应过来，这些地上的果壳原来都是这棵青冈的果实。我才明白，只要还有一棵大树存在，就能看见一片未来。

房顶上的小树

如果你是一棵树，就应该努力并快乐地生长着！

——题记

　　一棵小榕树，它没有选择地长在平房顶的角落里。它的诞生对它自己来说都是一个谜。它别无选择，若有选择，它一定不会选择这钢筋水泥的房顶。这平房原是职工宿舍楼，在楼顶角落里留下几个旧鸡窠，在鸡窠底下还存有一丁点儿打扫不到的粪土和岁月的积尘，这就是它生长的全部土壤。然而，这里并不具备存活的条件，它连根筷子粗的根须都遮不住。这露天房顶，干旱时何来水分？然而，它竟奇迹般地活下来了。

　　当人们在意它的存在时，它已有手腕粗了，根部分开两杈，牢牢钳住栏杆的水泥窗格，这是它向上生长和不被风吹倒的所有凭借。两条主根向鸡窠底下分两头延伸。它懂得珍惜这仅有的养料，似乎想把每一颗尘埃都揽入根系的怀中。倘若天降甘霖，对它算是恩赐了，更多的时候，它总是耐心地等着，等着……随时接受干旱的到来。它不因此而枯萎，相反，它似乎有无穷的活力勃勃向上，它的每一片翠绿的叶子都可以告诉你："我快乐着呢！"

一天，楼下的主人发现房顶渗水，原来是这棵小树的造次，是它的根须拱开了房顶的砖层。雨天，雨水便顺着渗透了，它因此招来横祸。主人搬开旧鸡窠，它的根须都裸露在房顶，主人砍断了它的主根。时值盛夏高温，半月没下过一滴雨，料想它应该很快蔫巴。一个多礼拜过去了，还是不降一滴雨。一天晚上，主人在房顶纳凉，发现它依然翠绿地呈现在眼前。于是，主人又在它根茎处把扎向房顶的根须通通乱刀分离。只剩栏杆外的几丝小须，他无从下手，就搬开旧鸡窠，让炎阳暴晒它。又过了些时日，它翠绿的叶子略显发黄，但它依旧活着。

老天依旧晴炎炎，一棵小树，它别无选择地立在那里。只听楼下的那个主妇，天天对着夕阳唠叨："它，怎么还活着……"

似乎还有很多像这棵小榕树一样的小树，都别无选择地长在千家万户的房顶上，或许是一阵风吹来，或许是一只鸟飞过，把种子带到这里，来不及细看，来不及被另一阵风吹走，更来不及被另一只鸟叼啄，在命定的一瞬间发芽生根，一切都别无选择。如果有，它只能选择快乐并坚强地活下来。

红锥王

前阵子，网上传出南胜大矾山脚下的安石坑山上长着一棵巨大的红锥王的消息。在资讯发达的今天，一经"曝光"，它就在一夜之间成了"网红"。

迎着冬日的暖阳前往安石坑。大矾山脚下的安石坑山高林密，车子停在半山腰处，沿进山的石阶徒步朝山上走去，眼前豁然开朗，那井然有序、堆砌整齐的石基特别醒目。据说这片柚园以前是一个林姓村庄——内坑自然村，他们直到前些年才集体搬迁到山下去。顺着柚园再向上走百十步，便走进一片红锥林中。只觉得眼前突然暗了下来，短暂适应之后，才看清这一棵挨着一棵、连成一片的红锥林世界。

这些红锥林一棵棵身姿挺拔、器宇轩昂，争先恐后地踮起脚尖、伸长脖子，努力向密云般的树冠层探出头去，再勇敢地伸出千万只手，接住每一缕阳光、每一滴雨露。它们肩并肩、手挽手，交错而起，结成一片密不透风的红锥林世界。在光线不足的密林中行走，容易生出一些错觉。一抬头，突然觉得有个巨大而模糊的身影，令人心头一紧。再细看，原来它正是此行寻找的红锥王。只见它从地面猛地向上一蹿，十米开外再伸出许多枝干，它们朝四面八方逐级扩散开来，把这片最向阳的坡地牢牢占住。眼睛难以丈量它庞大的身躯，好在旁边有块牌子，清楚记下这棵红锥王的"三围"，树干胸围近两丈，树高十丈，树冠宽十丈。

一棵树比一座宅院还高还大，红锥王果真名不虚传。

红锥王四周已围上栅栏。绕着红锥王走一圈，才发现树干上竟然有一个容得下三四个大人站立的树洞，从地面到分杈的主干上，树心已被蛀空，但它依然旺盛，着实令人惊奇。红锥是有名的硬木，这样一个巨大的树洞，少说也要历经百年的腐蚀。仔细打量才发现，从主干分出的三根枝干，都不约而同地朝山下方向倾斜，可以断定有另一枝干朝着上坡方向生长开来。或许是在某次风雨交加的夜里，那根粗壮的枝干应风折落，留下了一个巨大的伤口。顺着那个伤口，在雨水的侵蚀下，腐烂开始筑窝，风一程，雨一程，在时间的长河中，最后竟被掏空了大半躯干。

一棵树能长成树王是何其幸运，除了赢过同类的竞争，还要经历多少狂风暴雨而不折，经历多少酷暑干旱与严冬霜雪而不枯，还要历经病虫侵害而不倒，而且从未遇过山火。而那蛀空的身躯，或许就是一场意外，除了虫害，还有雷电，也包括狂风和暴雨。但还算幸运，毕竟保住了一条命，依然可以坐在"王"的宝座上。出人意料，红锥王竟是一棵人工树，是山下林氏先祖胜元公于明万历三十六年种下的一棵"定山神树"。

当年，林氏族人为何选择在大矾山脚下肇基香火，已不得而知。但可以肯定的是，在这如烟囱般耸立的大矾山的脚下拓荒垦田绝非易事。这座因盛产明矾而得名的两亿年前的古火山，因山势过于险峻，到处都是裸露的峭壁。遇上雷雨天气，常有山石滚落。"安石坑"以前叫"崩石坑"，从中便可知此地是何等惊险。要在这样飞沙走石的地方扎下根基，首要之事便是治山固石，只有远离山石滚落的威胁，族人才能得以安身立命。

从这棵红锥王可看出，聪明的林氏族人选择了种树这种最难见效，但也最安妥且一劳永逸的法子。从小树苗长成根系发达的大树需要时间，但无非是熬它个十年八年，顶多二三十年，这和传播香火这样的千年大计相比，以一代人的艰辛换来永世安宁，还是值得的。让高大林木的发达根系扎入地表、岩隙，每一棵树的根系就像一张扎入地表、纵横交错的大网，它们不断抓住脚下的砂石泥土，锁住了这些不安分的砂石。满山林木共同在地下织成一张无比牢固的固定网，而且这张网越织越宽，越织越深，越织越密，任谁也无法撼动，最终把一山滚落的石头都系在了这片红锥林树下。

或许在种下红锥前，他们还先尝试过其他树种，针杉、马尾松，甚至毛竹可能都试过，但面对到处裸露的滚石都失败了。在这到处滚落巨石的山体上，或许只有木质坚硬且根系发达的高大林木才能胜任，只有红锥这种适应性强、速生、耐阴且适应酸性土壤的高大常绿乔木才是最好的选择。如今看到这片红锥林就是他们百折不挠后的成功，是四百多年前，林氏族人在先祖胜元公的带领下，种树治石的成功。他们在距大矾山火山口下方两百丈外种下一片红锥苗，并取名"安石树"，希望用它们来镇住这经常滚落的石头。而这批顽强的红锥苗也不负众望，栉风沐雨中，竟有一批树苗存活下来。慢慢地，越来越多挺拔的身影站了起来，站在飞沙走石的山梁上。可还有崩石时常滚落，这些滚石势不可挡，也定有不少绿色的身影被它们砸倒，甚至连根拔起。但

这些红锥就像顽强的战士，它们前仆后继，或许一棵红锥苗倒下去，来年就有十棵红锥苗重新长出来。一棵挨着一棵，四百多年的时光，它们连成了一千多亩的红锥林。曾被寄予厚望的红锥林真成了"定山神树"。大矾山狮下颚下方就再没崩塌过，山脚下的村民再也不受滚石之苦，"崩石坑"也就更名为"安石坑"。

　　漫山之中，再也见不到一个可以和红锥王比肩的身影。眼前这棵红锥王是何其幸运，当年和它一起守卫这片山地的红锥苗，它们有的夭折在滚石之下，有的可能不幸被暴风雷电击倒，还有的可能败给了后来的竞争者。唯有它占据着向阳的风水宝地，躲过了无数次巨大山石滚落、砸来的灭顶之灾，也躲过了数不清的风雨雷电的突然袭击。四百多年来，它活成了一棵"锥王"，成了这座火山口下的第一批红锥林中的幸存者，也活成了一颗充满无限传播可能的种子。这棵红锥王演绎了一个物种的传奇，也见证了一个族群的勇敢与智慧。

与石共舞

看到这棵长在大石壁上的松树，我一时失语。这是多顽强的生命啊，才能一辈子站在大石壁上与石共舞，直到地老天荒。

眼前这棵高不过五尺、只有碗口粗的松树，除了雨露，坑中那薄薄一抔黄土，便是它赖以生存的全部。然而，它依然挺拔着身躯，四季常青，就像嵌在石壁上的不坏金身。

　　这棵长在大石壁上的松树，让人五味杂陈。我见过无数破崖而立的松树，也见过挂在悬崖边的松树，唯独没见过像它这样孤独而无助的松树。那些破石而立的松树，它们起码身边还有同伴、有榜样，可以手拉手、肩并肩前行，一起遮风挡雨，共抵风霜；而且它们脚下也都有罅可寻、有缝可钻，石壁之下便是沃土，甚至石壁本身就是沃土，树荫之下，根连根，连成一片松树的世界。而眼前这棵松树，它被框在石壁上一个小小的凹坑中，光滑的大石壁上根本无从下手，只能一辈子盘在石壁上，像一尾鱼被装进瓶里，无路可去，与世隔绝，永远被锁在石壁上。坑中这抔黄土，比一盆花泥还少，那是它一世的清供。这座小山般的岩石，是它永远的道场。一日日、一月月，它必须耐心去等待，或许等到石头开花那天，一切都会有转机。不过，这天方夜谭般的希望只有在童话的世界里才会出现。

　　雨天还好，松树起码不会焦渴。但地处亚热带的闽南，高温是常态，每年都有半年时间是在焦烤中熬过的，它必须在火炉般的石壁上煎熬到雨水来临。然后喝足一顿雨露，再熬到下个斜风细雨的日子。或许三五天，或许十天半个月，或许三五个月，谁也摸不准老天爷的脾气。每棵树的身体里都刻录着大自然的气象年份。石壁上这棵瘦小的苍松，它那螺旋般的纹理，是每个年份、气候尤为细密的记录。盛夏时，石壁就成了炼炉，能烤熟鸡蛋。高温笼罩的石壁上，几乎成了生命的禁区。你看，它光滑的表面甚至看不见一棵草。只有这棵苍松一枝独秀，成了绝壁上的独唱。

于漫山绿色而言，那翠绿的松针，就像一滴水，映出了大海的蔚蓝。

对于这个石壁而言，这棵苍松是最好的陪伴；对于这棵苍松而言，这个石壁就是它永远的家。没有谁比这棵苍松更懂这块石壁，也没有谁比这块石壁更了解这棵苍松。

眼前这碗口粗的苍松，没有人能说清它的树龄，或许它的年纪超过了许多参天大树，甚至连这块光滑的石壁也忘了它的春秋。天长日久，它们忘了风霜、忘了酷暑，甚至忘了岁月。它们在四季相持中和解，在和解中相持，演绎了一曲松石共舞的绝唱。

那棵榕树

一觉醒来，河滨路旁那棵榕树不见了，那棵夹在市场监督管理局与公路分局中间的三角地带的榕树不见了，只留下一个凌乱的现场。

这是每天必经的路口，上班、下班、晨练、逛街，记不清这十多年来和这棵榕树打了多少照面，一棵安静的树总是容易被忽略。而我却能清晰地记住它的样子——水桶粗的主干上，朝四个方向伸出盘口粗的横枝，就像一把天然的太阳伞，恰好把那个三角地带给遮挡起来。

不仅这些，我至今还记得它刚到来时的模样。

世纪之交，县城迎来一波建设高峰。当时，这棵榕树的脚下还是大片农田。很快，这片农田就被开发成了一个小区，紧挨着小区的还有工商局、公路分局、水利局以及商业街。接龙似的，短短几年间，沿溪两岸一下多了六七个楼盘。和这些楼盘一起的，还有沿街的行道树，自然也包括三岔路口这棵榕树。不过那时，它还是一棵小榕树。小榕树的正前方是河滨路，再往前便是牛头溪，左边是当时的工商局，紧挨着的是广宝小区，再往左便是广电大楼、琯溪路；右边是公路分局，紧挨着的是水利局，再往右是广宝公园与和平路。你看，这一大片新开发的楼盘中，它独占在这风神摇曳的三角要道上，阳光充足，空间广阔，多么醒目。

刚开发的楼盘总显得很空旷，这空荡荡的马路上站着一棵小树苗，难免令人迟疑，这得等多久才能迎来它高大的身影。然而，仅过半年，这棵小榕树就令人刮目相看了。一枝、两枝、三枝、四枝，它一下从四个方位伸出四根横枝。这棵小榕树出手不凡，在这偌大的空间里，它需要十年甚至五十年以上的眼光来谋划将来，以战略的眼光提前布局。在这马路中间的三角地带，看似独门独户，其实不然，在它左右两侧的市场管理局与公路分局都种有盆架子，正前方的河滨漫道还有一排小叶榕。虽然隔着一条马路，但对盆架子和小叶榕来说，不过几年工夫便会伸展过来。它没有半点犹豫，也绝不容许别人抢占地盘，抢先向左右邻居划出一个范围，所以它不急着长高，懂得未雨绸缪，要在空间上占尽先机。它先从横向上开始谋篇布局，只有把四周的方位都占满了，左右邻居才不会把手伸过来，要是等盆架子和小叶榕都横斜旁逸地堵上门来，再来突围就晚了。

二十一世纪初，我刚转业，就在这棵榕树百米开外的广电大楼上班。我和它都是初来乍到，都是这个城市的陌生来客，也都是这个城市变化的见证者。我每天都格外留意这棵小榕树，几乎每天上下班都要绕它走上一圈。那些年，家在乡下，下班后有着大段时间可以打发。那时，这新修的街道人少车稀，我经常一人静静地朝它发呆。看着这个城市朝不同的方向伸展，看着城市的

高楼不断刷新高度，看着街上车水马龙般日渐拥堵，看着眼前因常年暴晒而热气蒸腾、风雨飘泼的大马路，我经常对这棵小榕树感慨，它得多焦虑呀！这得费多大劲才能给这个城市送上一片阴凉！若不能在这三角地带送上一棵树的阴凉，它肯定会觉得自己不配站在这个地方。

不负众望，三年后，整个三角地带都在它的覆盖之下。在喧嚣的马路岔口，它为这个城市日渐撑开一把绿色之伞。而左右两边的盆架子，还有河滨漫道上的小叶榕也都长出身段。它们不像眼前这棵榕树这般从容，它们是个大家庭，兄弟姐妹众多，相互间挤挤挨挨。它们的枝条都有朝这边伸来之意，我这才佩服这棵榕树的生长策略，它第一时间守住了自己的地盘。然而，相邻地面的横向守住了，那只是第一回合的较量。如果不能向上拓展，盆架子和小叶榕的枝条依然可以居高临下地叠在它的上方。一棵没有天空的树是没有未来的。然而，再细看眼前这棵榕树，水涨船高一般，才发现它并不是一味横向伸展，它的四根横枝一直斜斜地向上延伸，现在开始加速向上伸展。它开始改变策略了，完成了横向扩张后，准备在纵向上与周边伙伴们一较高下。它才不傻，为自己的将来拼尽全力。

随着这把绿色的伞越撑越大，细小的枝条从树冠边沿不断下垂。每一瞬间，这棵榕树都像一个凝固的喷泉，但我发现它还在不断地修饰自己。随着向上增长，它越来越像细腰宽沿的蘑菇。十几年之后，周边的大楼日渐褪色，这棵小榕树却长成了一朵巨型大蘑菇的模样，好看极了。

这棵有模样的榕树，很快就迎来了高光时刻，它有了自己的花台，花台上边还铺上光滑的石板，供人休闲。晨昏时分，常有老人在那儿谈天打发光阴。从一棵绿化树变成街边的休闲驿站，一棵树赢得了巨大的荣耀。可惜好景不长，不知为何，它竟被人连根拔起，最后连它去了哪儿都不知道，令人莫名惆怅。我在心里默默祈祷，但愿它能占上另一个黄金三角地带，成为另一个街头的风景。

后来，这三角地带重新砌上了一个圆形花台，这花台比原来高出半米。很快，新花台里便种上了一棵一人多高的桂花树。可能是水土不服，半年后这棵桂花树竟莫名枯死。还好，花台又重新种上了一棵半人高的桂花树。更高兴的是，才几个月的工夫，这棵小桂花树就接上地气，开始抽枝散叶，不断地向上拔节、蹿高了。在这城市的三角地带，我又开始每天与一棵桂花树守望街头了。

香樟树

　　那天傍晚，和家人一块儿散步，路过这片新开发区，不经意间一抬头，发现一棵光秃秃的大树立在眼前，树干一人难以抱拢，六米高处的所有枝干被齐齐削去，光溜溜的一棵树仿佛正在对天空诉说着什么。所有被裁去枝条的横截面处，树脂开始包裹它的伤口。它是一棵正值壮年的香樟树，初次相见，却觉得分外眼熟，好像在哪里见过它似的。我围着花台慢慢地转了一圈，细

细打量着这似曾相识的朋友，发现这是一棵长得不错的树；主干之上开始分权，分成十几根碗口粗的枝干，这些枝干再生长出千万根枝条。它原本是一棵枝繁叶茂的大树，应该有广圆形的树冠、秀丽的枝叶，浓荫滴翠般，以一棵完美的树的形象挺立在一片山野之中。可能在某一天，它被一双眼睛细细地打量了一番。那一刻，它的命运注定要发生改变，像我这个乡下人一样，告别乡里，到城里来生活。

　　我想起小时候那次到山上采伐的情景，父亲带着我翻过一座又一座深山，我们要寻找一种高而大的栗树或柯树。栗树和柯树木质坚硬，是上等的木料。那样一棵高大的原木可以锯成很多根房梁，几棵大树就可以造一座新房子。在深山密林中，我们像猎人一样，打量每一棵树。每一棵树都应该有一串成长的经历，长成一棵经得起我们打量的大树，那是多么了不起。在一座深山窠里，我们远远闻到空气中有一股奇异的香气，令人精神振奋。我们寻到那座山窠里，抬头一看，这一窠郁郁葱葱，长着的全是香樟树！香樟树四季常青，会散发出淡淡樟脑的香味，闻了令人提神。我从来没见过一整座山窠里长着清一色的香樟树，难怪它的香气会飘得那么远。密林中没有多少杂草，落叶和枯枝把地面铺得非常松软，阳光散淡地漏洒在父亲赤铜色的脸上。

　　我们解下饭团，就着山间清凉的溪水开始午餐。我开始打量林中那些香樟树，指指点点地跟父亲说，这里可以采伐几棵我们想要的木料。父亲说，香樟树最大的好处不在于锯木取材，而在于它可以酿樟油，那是一种很珍贵的油。听了父亲的话，我跟发

现了宝藏一样高兴。我说那好啊，我们干脆别伐木了，就躲在这里酿樟油，这么多的樟树来酿油，岂不发财了？父亲缓缓地说，酿樟油比什么都难，堆得和山一样高的香樟也酿不了几斤油，那油比金子还珍贵。以前，乡下来过一个酿樟油的外地人，他发动大家一起为他砍伐香樟树，每收购一百斤给一毛钱。那时生产队的工分一天才一毛八，十里八乡的人纷纷上山砍樟树，再送到他这酿油厂来卖，几天工夫，村前屋后的山上见不到一棵香樟树，大大小小的香樟树全都聚集到他这里来，堆得比山还高。大家看见他先造起一个大炉，再用一个三人高的酿酒桶，把一捆一捆的香樟树放在锅里蒸煮。三个月后，十里八乡的香樟树都被他煮干了，换成几大桶金黄色樟油，拉走了。所有人都怅然若失地看着那个外乡人离去。有的人开始后悔自己当初砍得比别人少，没赚到多少钱，树先砍光了；还有的开始唾骂那个外乡人没良心，肩膀都磨破几层皮，才换来那么一点钱，买只猪崽都不够。父亲说，当初如果让人发现这山窠里有这么多香樟，肯定也被伐光了，这跟开矿淘金一样，最后就淘出那么一丁点儿金子，整座山都被掏空了，山上还是要留几棵树才好看。

　　我不敢确认眼前这棵香樟树它长在哪个山窠里，但我相信它绝非人工从小栽培的一棵树，没有哪个商家有这几十年的耐心去养一棵树。它跟我一样，直到长大后，有一天突然来了一拨人，经过一番考量，把我领到很远很远的陌生的城市里去生活。故乡的山山水水从此装进我的梦境里，每一滴微凉的露水都是思乡的泪珠。在异乡的街头，孤单的我，必须以一棵树一般坚挺的身躯，去迎接生活中的风风雨雨。

我在城里看到很多很多跟眼前一样的香樟树，从离别开始，它们就必须适应新的生活，有的早已长成参天大树，还有的永远结束了生命的旅程，它们用生命的全部为城市添上一分绿，在陌生的土地上开花结果。从被人请到城里来的那一天开始，酸甜苦辣，雨雪风霜，所有的伤口从此就得自己去舔舐，那离开土地的断根之痛，岂是我一个路人的眼光所能抚摸得了的？

看到眼前这棵孤零零的香樟树，我更加想念我那遥远的山旮旯。在这片钢筋丛林中，我是否应该留下来，陪它多说说话？

伯公树

　　从县城回老家，要走上一段很长的路，一年四季来来回回不断地走，沿途的美景也就熟视无睹了。但每次途经那棵大苍松时，我还是忍不住要多看它几眼。

　　它就长在一个叫伯公凹的地方，回家路过它时，就意味着离家近了；从家里返城看到它时，就意味着离家越来越远了。不知咋的，它就这样莫名其妙地成了我心中的一处悲喜地标。

　　这棵苍松是伯公树，它有三个人合抱都抱不拢的身躯，足足有十几层楼高，如今已记不起这十里八乡还有哪棵苍松长得比它更高大。一棵树，长到被人仰望甚至敬畏的高度，那是怎样的一个成长过程呀？每一片森林，树与树之间都有一场永远不会结束的马拉松赛跑，一场阳光和雨露的漫长厮杀。可以猜想，几百年前，这地方应该还是一片茂密的原始森林，当它还是棵小树苗时，抬头仰望，周遭皆是大树参天，它只能从大树枝叶间漏下的一缕阳光中，从大树叶间滑落的雨露中感受苍生的德泽，它必须有足够的耐心和毅力去等待，等待身旁一棵大树走到生命的尽头。或许在某个阳光的午后，身旁哪棵大树被虫蛀空了身躯，或许是某个风雨交加的夜晚，身边那庞大的身躯再也无力支撑，最终轰然倒下，一下子腾出了广阔的空间，只有这时，它才有成长为参天大树的希望。这时候，另一场竞赛才刚刚开始，它不能有丝毫犹豫，必须为自己的将来竭尽全力向上伸展，抢在别人之前占上一个好位置，集得更多的阳光和雨露。在这无声的世界里，这场竞赛就是一场生与死的角逐，只有胜利者，才能占据一个好位置，才能最后昂着头颅挺立在这片森林中，进而俯视左右；但它又得警惕身旁的后来者，无数的小树苗在它的脚下开始另一场等待，这种周而复始的森林法则每一天都在上演。

　　距它不远的那个村庄也不过几百年的历史，可能这棵苍松跟这个村庄一样悠久，也可能比这个村庄更悠久，那么它算得上是这个村庄历史的见证者。也许打这地方有人烟起，它就挺立在这一片原野中，那时这棵苍松的周围应该是一片森林，随着村庄不断扩大，森林不断缩小，直到有一天，它四野周遭再也找不到一棵像样一点的大树时，它就成了一棵最抢眼的孤独大树。能长成一棵参天大树是它的幸运，然而，树大招风，一棵挺立在村庄旁的大树又有多少双眼睛盯着，它必然有另一番幸运的眷顾。可能在某一天，村里某个人，因什么闹心的事无处排遣，就在它的跟前燃上一炷香，烧上一堆纸，接着就有很多人来上香、烧纸、许愿，它就成了一棵伯公树，成了所有人心里的神龛，就再也没有人敢打它的主意了。

　　作为树被人打上神这个烙印，是树的另一种幸运。正是这种幸运，才让我们在很多的村头村尾见到一些幸存下来的大树，不管是松树、榕树还是枫树，它们都是有福的树。说穿了，也正是

人对神怀有最后的一丝敬畏，使它们不致过早夭折而幸免于难。这种幸运来自人心的敬畏，使它能坐享天年。但还比不上公园里那些时时受人呵护的风景树，时时有人关注它的生老病死，为它浇水打药，还立碑作传，同样的一棵树，长在深山无人识，就只能任凭风吹火烧，说不定是今天还是明天，它就倒在斧锯之下，被烧成灰、被劈成条、被锯成粉。如今，作为树的命运除了被当柴火烧，就是被加工做各种各样的用途，真正寿终正寝老死山中的少了。去过黄山的人都知道那棵迎客松，它绝对算得上是树类中最受宠幸的幸运儿。它所有受力的枝条都有钢索牵引固定，受到最好的保护，还为它成立专门的观测站，并有专人为它每天做气象观测，记录平安。能享受这种规格待遇的树，我想在全世界也找不出几棵。

与之相比，老家伯公凹的那棵伯公树就不那么幸运了，它虽然躲过了人类的斧钺，但没躲过自然之力的侵袭。那年夏天，台风来了，它扛不住风力的摧折，应风倒下。倒下之后的它就不是伯公树了，很快就来了卡车和挖掘机，几个人拿着电锯，把它锯成一截又一截，成了木材加工厂里上等的木料，尽一棵树最后的贡献。

如今，每次回家路过伯公凹时，我都感觉这里的天空少了一把伞，眼前一片空荡荡。

油桐树

"正月李花飞，二月桃花开，三月桐花朵朵白……"童谣是乡村的秘史，每当心底回响这首童年的底音，童年的季节就依次回放。

桐花每年开在清明过后的谷雨时节。桐花开了，杜鹃花、金银花就跟着开得漫山遍野，鹧鸪也在山头上叫唤了，山上桂竹仔笋出泥了。三月，一片春光激滟。

童年的快乐时光就在这春光明媚的春山里，我们曾是快乐的小蜜蜂。记得那年桐子花开时节，刚好赶上我们家那头母牛养犊

了，娘说，要让牛坐满三个月的月子，才许赶到山上放养。我不敢不听娘的话，我把牛牵到村口，拴到那棵大桐树下，这里有一块平坦的草铺，又凉快又舒适，最适合那头小牛犊撒欢了。看着眼前的小牛犊蹦蹦跳跳，我的心也跟着高高低低地欢跳着。一只小黄蜻蜓飞过来，停在一根小树枝上，我蹑手蹑脚地跟过去，还没到跟前，它又飞走了，停在母牛背上，我还没跑过去，小牛犊先跑过来，又把它惊飞到一朵桐花上。我坐在草地上呆呆地想，待会儿我一定会逮着你，看你往哪儿飞。一抬头，一树的桐花正开得像隔壁桂花嫂怀中阿弟的笑脸，朵朵迎风绽放，翻开五瓣雪白的花瓣，又很像桂花嫂大孩子手中的风车。那是用一张雪白的作业纸折起来的，扎根铁芒萁，走起来，风车就随风转起来了。

那时我还没上学，学校在另一
座山背面的大村庄里，娘老说
我人还小，去不了那么远的地
方上学，她说要等人长高了，
腿长长了，才可以翻山越岭去
上学。有风走过，花落得多
了，让人应接不暇，像梨花一
样一树飘落，一地素白。我开
始对着这棵油桐树发呆，想象
着小伙伴们在山上摘花折笋的
快乐，还想象着山背面的学
堂。母牛"哞"的一声长鸣，
我才发现一堆青草都被它吃光
了。它正养犊，食量大得很，
一没吃的了，就开始呼唤小主
人赶快去割青草！

　　隔年，小牛犊长大了，可
以用一根绳子牵着它的鼻子走了。我跟娘说我腿够长了，可以去
上学了吧？娘问："让你这头牛犊去上学了，家里还剩一头牛犊
怎么办呢？"我跟娘说："我决不短它吃的。"娘就答应我去上
学了。那时母牛要干活，它随大人们一块儿在田间地头。那阵子，
只要是晴天，我都把那头牛犊拴在那棵桐子树下，给足草料，它
就不会造反了。直到我放学回家时，再牵它到别的地方撒欢去。

学校离家有一段距离，要走上半个多钟头，途中有一段碎石坡特别硌脚，赶在夏天大中午上学时，那些滚烫的石砾逼着你踮着脚尖蹿过去，就像在刀尖火海上跳舞。那时候很羡慕那些夏天能穿拖鞋、冬天能穿解放鞋的同学们。不过，那时候和我一样当赤脚仙的同学占了一大半。有一天，班里"踢踏踢踏"地响起一串刺耳的声音，原来是一位同学穿着木屐来上学。下课了，同学们都围着他，争先一试他的木屐。他的父亲是位木匠，他父亲将一截桐子树剖开，钉上一条皮带就是一双木屐了。他说，用桐子树做木屐最好，扛一截桐子树给他，他就可以免费帮同学们做一双木屐。很多同学都动心了。

放学回家，我也跟家人提起木屐之事，谁知却遭到父亲当头棒喝。父亲说："种上一片桐，怎吃也不穷；种上一片棕，怎吃也不空。就为一双木屐，要砍去一棵桐子树，简直就是败家子！"那时我才明白，桐子树每年都会开花结果，结出桐子来就可以榨桐油，桐油的用处可大了，可以用它漆盆、漆桶、漆家里一切木头做的家什，凡漆过桐油的家什就特别耐用，村里哪户人家没受过村口那棵大桐子树的恩惠呢？何况用不完的桐油还能换钱。然而，我还是念想木屐之事，我开始认真打量村口这棵大桐子树。它有三层树冠，长到第二层树冠时，它的主干分叉了。我的眼睛一亮，心里有了主意。同样一棵树，一瞬间，它在我的眼里有了不同的用途，以前只注意一树桐花之美，那一刻，它在大人眼中应该是一树的桐子，或是一桶桶的桐油，但我看它分明是一双崭新的木屐。

　　周末，我爬上那棵大桐树。我不敢把这棵大桐树砍倒，只需砍去二层树干其中一杈就足够了。我看四处无人，正好下手。我刚砍了几下，父亲突然出现在我的眼前。我慌了神，差点儿从树上摔下来。父亲说你要是砍下它，村里人会一辈子念叨你的坏，人不能被人这样念叨一辈子。我只好作罢。班级里的木屐越来越多，有很多同学打闹时，一抬脚把它当飞镖，砸伤过不少同学。后来，学校就明令禁止穿木屐上学。我对木屐的念头渐渐淡了，直至忘记。一天，我放学回家，父亲把一双新拖鞋丢在我跟前。母亲说，这是父亲挑了几担柴火到集市上换来的，嘱咐我穿鞋可要轻省些。

　　如今，每次回乡一看见那棵大桐树，我就会想起那木屐的事。再看到树杈上的那块伤疤，我心里一阵内疚，总觉得对不起它。

行道树

　　走在城市的大街上，最先映入眼帘的总是一排排碧绿的行道树。全世界的人都喜欢在街道两旁种上一排排的行道树，用来遮阴，用来点缀逼仄的高楼和那热腾腾的马路。它带给路人凉爽，走在树荫下人就惬意了。所以，只要用心观察，就会发现一座城市开发到哪里，行道树就种到哪里。

　　人挪活，树挪死。一棵小树苗要成长为参天大树，其实也不是件容易的事；要长成一棵行道树，就有更多不凡的经历了。从树籽到树苗，再到行道树，这期间几易其主。然而，这几经转折的过程中，它只是别人手上的商品。这期间，它不能算作一棵树，只有把它固定在某条马路上的某个固定位置后，它才能算是一棵树。一棵真正的行道树，需经九死一生的劫难，从此才有了独立的生长空间，风雨独挡。然而，哪个位置更向阳，哪个位置更开阔，哪个位置更肥沃，这决定了一棵树今后的长势，谁占这个位置凭的是运气，一棵树会种在哪个位置上，凭的是种树人的眷顾，一棵树就这样不经意间被安排了，哪棵树也摆脱不了被安排的命运。

　　占上好位置，有时也不一定是最幸福的事情。如果这个位置赶上大片的土地开发，它可能就要挪窝了，有时甚至会被连根拔起。一般而言，给一棵树留个固定位置，是树的幸福。一排排的行道树一起站在同一条马路上，大家同侪比肩，树与树之间再也不用像山里那些树那样互相拥挤，尽一切可能抢个好位置，或等到身边的大树倒下了，才能赢得生长的阳光和雨露。有了这个固定位置，行道树就可以自由地生长，不管根扎得多深，也不管枝条伸向多高远的天空，都是这棵树在这个位置上所享有的自由。

但有时也会是另外一番情景。紫荆花树是生命力旺盛的树，种下它不出几年，就能长成大树。每到春夏交替的时节，河滨路的紫荆花树总要被修剪一次，只留下光秃秃的树干。一夜间，它们都成了断头树。这不怪谁，对它来说，只怪它生长得太快、太旺，一下长出了范围，就变得很碍事了，这不能怪人家手下不留情。比起紫荆花树，种在临街的高山榕就更不幸了。这种树看上去一年四季都在疯长，一棵棵根儿深来秆儿壮，几年之后就有两层楼高。不但遮阳，而且遮光，甚至有碍门面。先是店家出手，像对付紫荆花树一样，先裁去它的横枝，有的干脆把它理光头。可是这种桑科榕属大乔木生命力超强，只要根须着地，它一样会疯长。慢慢地，这条街上的人都记下它的坏处，就再也没有它的容身之地了，整条街上的高山榕一夜间走到生命的尽头，再也不见它浓荫的身影。还有其他街上的各种各样的行道树，或因店家出手，或因种种原因"致残"、夭折。怪它们碰上一个不好的邻居？怪它们占错位置？还是怪当初错选它来当行道树？这都不好说！

　　说起这些行道树来，比那些森林里所有的树都来得幸福，从出生到长成都时时有人管，有人呵护，甚至受到最好的保护。但它又是最不幸的树，它得完全按人的意愿来生长，容不得它有半点撒野，它的每一根枝条，甚至每一片叶子都不能长错，包括它的高度。街上的行道树，每一棵都长得小心翼翼。人们真正需要它的是点缀、是阴凉，而不是需要一棵树，一片森林。

　　每棵行道树都是城市的吸尘器、隔音板、增氧机，是城市的肺叶。它把根扎在钢筋水泥的缝隙里，即便面对斧钺，也得努力活成一棵树的模样。它必须活成一棵树的模样，在喧嚣的尘埃中把伤口包扎，始终生机盎然地站在马路上，在陌生的城市尽到一棵树的责任，才能安全。

　　有谁能读懂一棵树的寂寞？有谁能读懂这一排排行道树的寂寞？

　　每次打量这些飘零的行道树时，都觉得它们似乎有许多话要说，又总是无以言说。说什么呢？或许，季节的信风或天空飞翔的翅膀，能带来一些故乡的消息，但那是回不去的思念。在喧嚣的大街上，它们见证了一个城市的变迁，见证了路边的一场又一场的风花雪月、灯红酒绿。又有谁听得懂树的语言呢？

小叶榄仁

　　盛夏一夜骤雨，这段熟悉的林荫漫道此时成了迷宫，空气中氤氲着一股让人沉醉的味道。这股香气越来越稠，潮汐般一浪接一浪地扑过来，让人一时心神摇曳，连步履都有些飘忽。感觉空气中有一个舞者，虽然我看不见她，但我知道就在前方。此时，她轻抖长袖，转身，再一掷一抛，彩练长空飘起；她再顺势一挥，一个转身甩出，又一团彩练轻烟般飞起。她正在前方翩跹热舞，不断撒开一团又一团香气。那团香气如浓墨在水中洇开一般，借助风的翅膀，不断地洇过来。

　　这团香气越来越浓烈。眼前是枝叶稠密的小叶榄仁，漫道上散落着密密麻麻的榄仁果，多到令人难以迈足。这些只有小指大的榄仁果，其实就是小号橄榄。树荫下多日落果堆积，形成厚厚的一层榄仁果堆。有刚落下的青果，还有淡黄、赤黄、酱黄、赭褐、棕黑、煤黑等不同颜色的落果，从它们的颜色深浅可以判断它们的落果时间。此时，这股异常浓烈的香味，如暴雨般打过来，让人仿佛置身酒厂的发酵中心，沉浸在菌落的潮汐中，一时难以自拔。

　　我从地上拾起几枚不同颜色的榄仁果，凑近一闻，一股奇异

的香味不断散发出来。原来这股香味，正是这不起眼的小叶榄仁果散发出来的。我再仔细地逐个闻闻，刚落地的青果没什么味道，颜色越深的榄仁味道越浓。准确地说，散布在清晨漫道的味道，都是地上这些果仁发酵后挥发出来的独特味道。多日落果不断累积，加上夏日高温与雨水的浇灌，此时，树荫下成了一个露天发酵厂，这里正在上演一场盛大的狂欢。在无声无息的菌落世界里，这些落地果实的另一场使命才刚刚开始，经过发酵、霉变，果实中的酶和糖不断分解、转化，它们正在悄悄地改变自己，并将以一种更加妩媚、更加迷人的曼妙身姿出现，在时间的汛期中化身为高挑的舞者，在精神的殿堂里舞蹈，轻盈的乙醇挥舞在清晨的空气中。

　　在这条晨练的漫道上，之前我还从未仔细打量过它们。眼前，它们五棵一丛，两三百米长的漫道上，只有三丛的小叶榄仁，远不及两旁成排的凤凰树和紫荆花树，但此时，它们用气味覆盖了一切，让人无法忽略它们的存在。仔细打量，它们浓密的枝条上，挂满榄仁果。每颗榄仁果都和车厘子一样，有一个细长的柄，它们大把大把

地挤在一起，如大雪压枝，负重的枝条都向下弯成一道美丽的弧线。出乎意料，这些成熟的榄仁从小到大本色不改，始终保持和叶子相同的深绿色，个子又那么小，一点也不显眼，不细看，很难发现枝叶间的果实。

名副其实，小叶榄仁的叶子都非常小，再仔细辨认，小叶榄仁的叶子和一旁凤凰花的花瓣形状非常相似，只有拇指般大小，像极了一柄微型的芭蕉叶。叶片是植物劳作的双手，它用叶片抓住雨露和阳光，进行光合作用。但叶片也是喝水大王，它会散发大量的水分。在干旱的沙漠见不到阔叶林。在非洲大地，珍稀的淡水决定着一切。在常年干旱少雨的地方，许多绿树生命都演化出超强的本领，一棵猴面包树能在雨季来临时，在树干上存储几吨甚至十几吨的水，把自己膨胀得像块吸足水分的巨大海绵，然后挨过长达半年甚至几年的旱季。非洲不缺阳光，就缺水，水决定着一切。沙漠中巨大的仙人掌就像水塔，每根巨柱都贮有一吨以上的水，但它不长叶子，却长出长长的尖刺，严酷的环境决不允许它挥霍一滴水分。许多绿色生命都进化出特殊的功能，它们能通过减少叶片，或把叶片变小这些方式来减少自身水分蒸发。猴面包树甚至会在旱季来临时，迅速脱光身上所有的叶子，以减少水分的蒸发。仙人掌的针刺何尝不是缩小成针状的叶片。沙漠中的胡杨，遇上极度干旱的灾年，甚至会主动牺牲一些枝条来减少水分的消耗；有时连粗壮的横枝都被它自裁。它竟能断臂自救。这些绿色生命对绿叶的掌握有着计算机般的精确，它们对水的珍惜，远远超出人的认知。

　　但这些来自非洲的小叶榄仁都很幸运，闽南不缺阳光，也不缺水，对它们来说，这儿就是乐土。眼前的小叶榄仁，除了细小叶片还带有故乡的基因记忆，它们已完全融入异乡的热土，从种下那天起，便一路疯奔，很快就长出新身段，一树绿蓬蓬的样子。即便和一旁的紫荆花树以及凤凰树比，小叶榄仁也毫不示弱，甚至蹿得比它们还高、还壮。你看，这几棵小叶榄仁几乎有着同等身段，它们还互相联手，分工明确，同时向外伸出万千枝条，它们一致对外，牢牢守住脚下的土地。对内，他们却相互谦让得很，几乎没有向内互相纠缠的枝条，只有某处出现空隙时，才会由某棵伸出枝条来补缺补漏，不留死角。从远处看，这一丛小叶榄仁围成了一个同心圆，那是它们不容入侵的地方。

　　在县城的大街小巷，随处可见小叶榄仁的身影，它们依次排开，不过三五年便能撑开一把巨大的阴凉之伞。更让人惊奇的是，小叶榄仁不像那些榕树那般到处撒野，只要有个缝隙便钻出来。其实，即便只有一棵榕树，它也把自己长得像拧过的麻花一样，甚至把自己给五花大绑起来，一副面目全非的样子，长得一点章法也没有。这或许是榕树的制胜法宝，但这套路实在难看。而小叶榄仁枝干清楚，层次分明，每一棵树都有着修长且挺拔的身姿，常年绿腾腾地站在街头。它甚至连换装都快得让人眨眼，仿佛春分一到，一夜间，枝头便绿意盎然，从不拖泥带水。就因它换装得太快，常让人误以为它是常绿乔木，其实它是落叶大乔木，那造型，绝对是树中的美男子。

这排香樟树

很多年来，河滨路上这排香樟树显得格外扎眼，它们似乎在一夜间都病倒了，让人一时茫然。

从东风桥到琯溪桥这四百米间的近百棵香樟树，无一幸免地患上怪病，好像它们在一夜间被死神砍了一刀，就像蜜柚、榴莲裂果一般，树皮直直地裂开口子，然后开始腐烂，并不断恶化，直至树干被掏空。

那年，县城沿牛头溪两岸迎来漫道建设，沿河两岸的漫道需要拓宽。原先这些野性十足的紫荆花树似乎让人觉得很占地方，一夜间，河滨路上的紫荆花树被拔除干净，原地换种香樟树。比起紫荆花树，香樟就显得规矩得多，而且好伺候，又因其奇异的樟脑香味，它成了许多地方最受欢迎的市树。谁知，这些刚种下的小树苗像遭到诅咒似的，竟得此怪病，让人困惑不已。

它们是那年三月种下的，到夏天它们都活过来了。也正是这时，每棵树干上开始莫名地脱皮，然后便开始腐烂。开始以为是栽种时不小心磕碰所致，然而，磕碰也不至于让它们集体受伤。让人惊讶的是，种在对岸银河路上的香樟也有脱皮现象，但没这般严重，只是轻微。更揪心的是，到了秋天，开始有白蚁光顾，

那脱皮的地方有白蚁爬过的一层松土。看来它们已在劫难逃，不死也得要半条命。

眼看冬日来临，我真担心它们熬不过第一个冬夜。要命的是，那年冬天还遇上极寒天气。元旦后那波寒流，让闽南第一高峰大芹山上出现很壮观的雾凇，温暖如春的县城也罕见地出现结冰现象。街边的木棉、火焰木、凤凰树、广玉兰这些落叶乔木被寒流一夜剃了光头，连那些大芒果树，还有高大的盆架子和麻楝也瑟瑟发抖，甚至连那些耐寒的绿竹也没躲过洗劫，那些新竹多半被冻蔫，对腰栽下跟头。寒风中，满目萧瑟。想起河滨路这排香樟树，我顿时替它们担心起来。出乎意料，这排香樟树比我想象中的还要坚强，一眼望去，这一整排香樟看上去都好好的，它们体质过硬，除了嫩芽梢稍微冻伤，一棵也没冻坏。此时，它们头顶着稀疏的枝叶，正迎着寒风，窸窣作响，就像一双双冻翻的小手，挥舞着彩旗，在迎接上苍送给它们的一份成人礼似的，在寒风中反而显得更精神。

这排历经寒流洗劫的香樟树让人多了一分敬畏，只是每次路过，只要一看到它们残躯的身影，心情就突然复杂起来。还好，熬过寒冬的香樟树很快就迎来了春天。几阵春雨洒过，一棵棵都抽出新枝叶，撒欢似的长开了。到了夏天，它们便在各自枝头撑开一把小伞，这排香樟树已跟上其他行道树的步伐，它们迈开步子，四季欢长。几年过后，它们整整大了一圈，开始有模有样的了。

只是，病魔也没停下脚步。病魔像鬼魂附体一般，一刻也没离开，伴随着这排香樟树一块儿疯长。刚开始，它们临溪一侧的树皮出现干枯，之后开始脱皮，再往后，在脱皮的两侧边缘留下长长的结痂，看起来就像一个夹心的汉堡包。其实，这正是每一棵受伤的香樟展开的一场自救，它们向病魔筑起坚固的防线。只是，病魔也从未撒手。它不断地啃咬树干，双方展开一场殊死的搏斗。几年间，有的树干中间裂开一个深不见底的大口子；有的被彻底掏空了大半棵树……它们活得只剩下一副躯壳，但也有少数几棵竟神奇般自愈，只在树皮上留下一道疤痕，它们各有胜负。在这喧腾的闹市里，它们就像一群飘摇的身影，一日日，一月月，一年年，在飘摇欲坠中咬紧牙根，挺过一个又一个狂风暴雨的长夜，坚持到最后一口气也不放弃。然而，随着它们日益长大，枝叶愈发浓密，它们就愈显得头重脚轻，有几棵香樟还是在前年台风中倒下。从它的断面看到，它的躯干只剩一层薄薄的皮囊，实在难以支撑日渐沉重的身躯。

看着这几棵倒下的香樟，我不禁替这一整排香樟捏了把汗。到底是谁造的孽呀？让它们始终活得提心吊胆。这些年来，每次路过这排香樟树时，我都带着不安的神色打量它们，百思不得其解。

直到前阵子，一位种树的行家告诉我，它们都是阳光西晒造成的恶果。我顿时恍然大悟，难怪这一整排香樟树都是朝西一面病倒，进而也不难理解河对面的那排香樟树都病在朝东的一面。因早晚温差，往往午后的阳光更毒辣，才会导致同时种在河两岸的香樟树患病的轻重不同。它们好比一个严重中暑后发高烧，一

个轻度中暑后发低烧。总之，沿溪两岸漫道上的香樟树，它们在种下的那年夏天，都中暑了。最终，南岸河滨路这排香樟树因高烧过度，导致终身残疾，而北岸那排香樟树只是低烧，病得轻一些，所以有许多树才慢慢得以康复。而河滨路这排有十几棵伤后自愈的香樟树，也可能因位置不同，或者当初它们身旁有遮挡物，让它们侥幸躲过一劫。

　　若如是，真恨当初刚种香樟树时，为何不给它们穿件草绳外衣并勤洒水降温呢？草木无言，它们却在意外受伤中坚强站起，竭尽全力长成一棵树的模样，让人读懂了一棵香樟树的坚强。如今，每次看到这排香樟树时，我都忍不住要向它们致以深深的敬意。它们，还有大街小巷的行道树，都活出我们经验之外的超强韧劲，令人肃然起敬！

我家门前一棵树

一棵树的时间简史

看到这棵格木时，我才相信时间可以变慢，甚至可以压缩，七百年的光阴，才把自己长成一棵三人合抱、九层楼高的大树，那是一个多么漫长的过程。

七百年光阴，在优美村这片土地上，已经找不到一幢和它同龄的建筑物，也找不到一棵同期的植物了，包括它的同类。它甚至比许多村庄的年龄还要大，它活成了一部断代史，活成了一件

活标本，活成了一件活文物，活成了一棵树的时间简史。

七百年的光阴，世上多少生命历经轮回。而眼前这棵格木依旧绿意盎然，它就像一艘时光的客轮，不知疲倦地行驶在时间的大河中。它长得不紧不慢，像一台永不停摆的时钟。一代又一代在它垂临的柔枝上荡过秋千的顽童，大都成了古人。在百岁寿星的记忆里，眼前的格木就像一尊活雕塑，始终绿意参天，没有任何改变，甚至连他们童年攀爬的细枝都没改变。它以一个挺拔的姿势走过了元、明、清及近现代的风风雨雨。几里外寨河村那棵古银杏树已奄奄一息，它身边这棵香樟树也早已进入暮年，连树干都被蛀空了，而它俩的树龄才二三百年，还不到格木的一半。世界都被它熬成另一副模样，而它正值壮年。

树老皮先衰，看一眼许多老树铠甲般厚厚的树皮，便知它尚有多少气息。一棵树的老相，让人看不到新鲜的枝干，老皮日渐增厚，就像始终穿着一件衣服，越来越旧，慢慢地，就散发出陈腐的气味；紧接着是整个儿枯蔫下来，气息渐弱，跟不上趟，很快枝叶也跟着日渐稀疏枯黄；接下来便是蛀空与枯朽，一棵树的暮年大致如此。眼前这棵格木，它粗壮的树干上，找不到一块结痂般的老皮，枝干新鲜、光滑、有色泽。树冠上浓密的枝叶鲜翠欲滴，整棵树散发着律动的气息，远远看着它，都能感觉到它有节奏的吐纳。

一棵苏木科格木的寿命远超千年，一千多年的生命旅程，让它变得更加优雅、从容，它有足够的时间长成一棵格木该有的高大模样。但它决不虚度光阴，你看它的纹理，再掂量它那铁砣一

般沉的身躯，方知它把自己夯得多密实。面对那些有年轮的老树，最容易被它的纹理给迷住，一圈又一圈，不规则的圆弧，迷魂阵一般，让人觉得就像灵魂逃跑的痕迹，或像巫师画下的符咒。其实这些都是光阴留下的轨迹，每一圈圆弧都是它的年轮，是一棵树一年辛劳走过的轨迹。每一条不规则的弧线，都清晰地刻录下当年水文与土壤的秘密。丰年时，纹理舒展一些，荒年则拘谨些。土壤肥沃，树的线条丰腴欢畅一些；土壤贫瘠，树的线条细瘦苦涩一些。

时间之手从不偏倚，舒展与拘谨，丰腴与细瘦，最后交错成一幅迷人的彩绘。那是时间留在一棵树上的画作。黄花梨、小叶紫檀、降香黄檀、鸡翅木、铁力木、酸枝木……在那些千年的老树上，时光老人绘下最细腻的工笔画，那些千变万化般的纹理，就像幻化的迷雾一般，看久了便有摄人心魄之感。成年格木尤其如此，几百上千个弧圈叠在胸径宽阔的截面上，棕红色木质上便有数不清的褐色灵动条纹，若明若暗间，就像一团深海鱼群游动，一时让人眼花缭乱。格木好像一生只为完成这一幅画似的，时间在一棵格木身上织出最繁复绚丽的锦幛。

历经几百上千年时光浸润的硬木，木材密度远超普通乔木，它们的木质更加光滑细腻且更有质感。触摸这些硬木，便能感受到时间驻留在一棵树上的重量。这些木质坚硬的老树，就像时间的舍利子，即便倒下，依然能活出几百上千年的长度，甚至摇身一变，出现在名贵家具市场上，继续在人们的追捧中，活成一幅高昂的时间自画像，有质地的树都活出金质的光芒。

　　格木也不例外。格木的密度是普通木材的两倍，它甚至比紫檀长得还密实。世上最沉、最密实的东西往往最可靠，不要说那些高档家具，过去那些驰骋大洋的风帆中，都有格木的身影。造艨艟大船正需要这坚硬如铁且极耐腐、耐水湿又不变形的千年格木，唯有它才能扛住急风和险浪的冲撞。更让人吃惊的是，格木连它的种子也硬茬得很，它经得起沸煮，还经得起浓硫酸浸泡。唯如此，方能快速脱去它坚硬的胶质外壳，加速它的降生。一棵树从种子开始便戴上钢铁般的甲胄，无怪乎会长出钢铁般的身体。

　　格木活了一千多年，倒下后仍千年不腐，它生前和身后活出等量的长度，活出一个令人景仰的宽度。也正是因为耐腐蚀、不收缩的特点，让格木有别于其他硬木，它往往更受能工巧匠的青睐。天下奇楼真武阁，共用了三千多根大小不一的格木。一幢楼也可看成一片森林，一片格木林。这三千多根格木被巧妙地排列组合，它们紧紧咬合在一起，在四百五十年间历经五次大地震和三次十级以上台风而毫发无损。这是建筑奇迹，更是格木的奇迹。

　　格木，站着是一部时间的简史，躺下依然是简史里的时间。

灰　莉

　　总在不经意间，被一阵花香打了个激灵，我便知道小区的灰莉又开花了。

　　似乎年年如此，小满一到，在某个夜班归来时，迎着晚风，一股香气迎面扑来，一抬头，便看见一树激滟的灰莉在夜风中起舞。

　　这棵灰莉长在小区最不起眼的一个角落里，起初我连它的名字都叫不上来，它就那样蓬头垢面般地倚在墙角下，看上去像一丛灌木似的。和小区高大的盆架子一比，灰莉简直是个灰姑娘，就连一旁的垂叶榕也比它好看百倍，起码它们都长出了树的模样。这么普通的一棵绿植，谁也不会注意到它的存在。十多年来，从未见过有谁搭理它，它被忽略了。而它似乎也不在乎这些，甚至还怕过早地暴露自己。成长路上，太过招摇似乎是件危险的事。它似乎更习惯于在别人的关注之外默默耕耘。直到十多年后，它忽然开花了，开得一树激滟，才发现这从未引人注目的"灰姑娘"竟在一夜间长大了，一出场便香艳了世界。

　　记得也是小满时节，加班到大半夜，一到小区门口，就被一股清香灌个满怀。这股清香很特别，和我们家阳台上的茉莉花香很相似，但没有茉莉花香那般浓烈、馥郁；又有点像夜来香的味道，但又没那般黏稠，是介于茉莉花香和夜来香之间的一种清新的味道。茉莉花香和夜来香都容易让人迷醉。据说，茉莉花香还容易招蛇，可见这花香是很致命的诱惑。灰莉的香气明显要清淡些，显得更加飘逸、幽远，也更加清心、醒脑，不像茉莉花香和夜来香那浓雾般成团扑来，而像飞舞的蒲公英一样，在风中迈着轻盈的舞步，一直朝心肺飘进来，一下唤醒了所有沉睡的细胞。

循着这股香气，我才发现这棵叫不上名的"灰姑娘"又开花了。我不由得放慢脚步，做个深呼吸，然后便美美地走开，连它长啥模样都没看清。那阵子，每次路过都被这股清香打个激灵，却每次步履匆匆，最后竟又错过了花期。待一树繁花凋零，转眼

又把它忘得干净。

直到今年，我终于下定决心造访这个天天谋面的"邻居"，打开手机一扫，才知道它叫灰莉。

我从正月就开始留意它的动静，立春、雨水、惊蛰，春天一到，大地就像一个调色板，从原野到小区，花花草草不断冒出来，每个节气都是一次巨变。小区里的盆架子和垂叶榕在夸张地拔个儿。相比之下，墙角里的这位灰姑娘却矜持得很。它慢条斯理地开始抽枝、散叶。然而，到了春分，才发现它一刻也没停歇。它的树冠上深深浅浅、均匀地翻出一层嫩枝叶，它以更加清新的容颜为自己勾勒出一幅别致的春天。待到清明时，它开始加速长梢，整个树冠都披上一层新绿。此时，分分秒秒都能感觉到一棵树的生长气息。

再过几天，一些新枝上便看见花芽了。不过，这花芽显得特别小，圆圆的、绿绿的，藏在新叶下。如果不仔细分辨，还以为是枝芽呢。谷雨一到，小不丁点的花芽就变成一个个小布扣般的花蕾。照此情形，顶多到立夏就该盛放了。事实却出乎意料，变成小布扣后的花蕾似乎都停止了生长，它们好像在等待什么。你看，越来越多的花蕾爬上枝头，然后开始进入静默状态，不，它们好像在集结，从清明到立夏，成千上万的花蕾都在树上集结，这位灰姑娘正在酝酿一场盛大的夏季盛宴。果然，小满一到，她一点儿也没犹豫，那些小布扣很快就变成一个个正要鼓起的小气球，然后再变成小飞镖，花冠上都带着凸起的"尾羽"。几乎一夜间，枝头上的飞镖"噌"地一下发出了，这棵灰莉又开花了。

　　大出所料，青绿色的花蕾竟绽放出乳白色的花瓣，上阵之前它竟一点儿都不露声色，直到含苞待放时，花朵颜色才像拉开幕布般一点点转为乳白色，一点儿也不慌乱，含蓄的背后是奔放，平静的表面下竟藏着火焰般的热情。

　　虽然只有零星的花朵跃上枝头，但墨绿色的枝头上结出乳白色的花还是很抢眼的。上前细数一下，一共十三朵，五瓣，一个个小喇叭状。细看，枝头上站满了大小不一的花蕾，对于它们，眼前这十几朵花不过是预告、是上阵前的热身而已，它们身后才是一场接一场的盛大花事。果然，在日渐升温的夏日，这些白色的小喇叭成倍地跃上枝头。枝头上，白色的小喇叭一天比一天浓密。真令人担心，怕它冲得太猛，后劲不足，怕它不出一周便匆匆谢幕。然而，它像喝醉似的，完全控制不住自己，花儿一天比一天稠密，后劲十足。环顾小区，唯独这棵灰莉在盛放、在独舞。而眼前这灰姑娘似乎有使不完的劲，枝条上的新蕾成倍翻出，它们排列有序，依次登场，从立夏到芒种，持续一个月花期的灰莉终于进入盛放期，以至于深夜归来时，错以为是谁在小区点亮一棵巨大的圣诞树，千朵、万朵，满树繁星，那一树小喇叭就像一架架微型的小风车，在夜风中散播茉莉和夜来香之间那股清新的味道，偌大的小区顿时风神摇曳起来。

　　后来发现，灰莉总是傍晚登场，子夜迎来高潮，清晨相继谢幕。仅一夜，一朵花完成了从登场到谢幕的壮举。从乳白色盛开，再以淡黄色凋零，金黄色枯萎。灰莉圣洁登场，优雅谢幕，高贵离去，虽短暂，但它决不仓促，更不苟且，每个环节都从容

不迫。

许多花儿开得浓烈，但谢幕也快。这棵灰莉则完全两样，从小满出场，一直到芒种之后，每天都是高潮迭起。盛夏小区里，没有其他花草同台竞技，也没有谁给它浇水添肥，灰莉却不走过场，它简直是和自己较劲，好像故意要把蓄积的能量都释放出来似的，好让人见识一棵灰莉的生命是多么绚烂。瞧，即便只有一棵灰莉，那也是一个漫长的花季。从芒种到夏至后一周多的二十多天里，广圆形的树冠上，每天花开满枝，每天落英缤纷，每天蜂蝶成群……这棵灰莉，它热闹成了另一个春天。

更令人惊奇的是，高潮过后的灰莉也不草草收场，而是像一场周密的撤退，花儿逐日递减，一直到小暑过后的第六天，枝头上终于见不到一朵花儿了，这棵灰莉才终于谢幕。掐指一算，它独自开花近两个月，香气弥漫了整个盛夏。

会"咬人"的树

　　叶老师告诉我眼前这棵大树是漆树时，我顿时惊得目瞪口呆。漆树是一种让人谈"漆"色变且会"咬人"的树。在我印象中，它们都长得像灌木，而眼前这棵漆树足有五六层楼高，树干需要两个成年人才能合抱，远大于近旁那些百年荔枝树和相思树。它大到超出我的经验之外，岂能不让人惊悚？

　　漆树在山野里随处可见，常被砍来当柴火烧，而它最让人记恨的，是它会"咬人"。有人一碰到它就全身发痒，皮肤过敏并伴有红肿；还有的人甚至看它一眼就会过敏，就像被毒虫咬过一般，大片大片的皮肤出现湿疹般的红斑，奇痒无比，还伴随烧灼感，令人坐立不得，寝食难安。

　　小孩子对漆树尤其敏感。小时候，邻居家的小孩被漆树"咬"后，如同被马蜂蜇过一般，全身红肿，双眼肿得只剩一条缝，到处都是红疙瘩，奇痒难耐，让他哭得声嘶力竭。整整一周，他肿得像一个充气娃娃，终日在哭声与痛痒中度过。那孩子被漆"咬"得有些蹊跷，可能是他姐姐砍柴带回来几棵小漆树，他不小心触碰到了，也可能他只是看了几眼那几棵漆树，过后就过敏成那样子。从那以后，他家不敢再提漆树这事，更别说砍它

当柴烧。

被漆树"咬"引起的痛痒很麻烦，不能抓挠，一旦破皮还会引起溃烂。好在乡下人也自有办法对付它。最常用的方法就是拿杉树的枝叶煮水冲洗身体过敏的地方。这方法简单而且实用，屡试不爽。还有的人会用笔头菜和盐一起舂烂后，敷在过敏的地方，每天一贴。这样三五天后，过敏处的红肿就逐渐消退。当然，乡下治疗被漆树"咬"的偏方还有很多，这些偏方都是经验的积累与传承，是人与自然和谐相处的"秘方"。

在乡下，不时传来有人被漆树"咬"了的消息，有的是上山砍柴时碰到漆树，沾到了漆树上流出的汁液，有的只是看到了漆树……当然，也不是一接触漆树就会被"咬"，被漆树"咬"的只有一小部分人，大多数人对漆树并不过敏。看来，是否对漆树过敏，和个人体质有关。

会"咬人"的漆树虽令人生厌，然而漆树产下的油漆却令人追捧。只要把它的叶子摘下来，或划破它的树皮，便会有白白的树汁流出来，漆树上这白白的树汁便是天然的油漆。这和橡胶树多么相似。很多植物都会流出白白的汁液，这汁液如同它们身上的血液一样，具有天然独特性。漆树的汁液具有防腐、防水的特性，过去用它涂刷家具，可以让家具更加经久耐用。每次看到电视上那朱黑发亮的战国、汉朝的漆器时，我都几乎要惊掉下巴，距今两千多年的出土文物，竟能光洁如新。这些古代漆器就以漆树分泌的汁液，经日晒脱水后作为熟漆涂料，再调和桐油之类的干性植物油，涂在器皿上，谁承想这些天然油漆，竟然在地底下历经两千多年时光的侵蚀而不腐，油漆生命力之强大让人惊叹。它在几千年前就照耀了人类文明的另一片星空。

　　如今，随着工业油漆的普及，人们似乎忘记了这"野生"油漆。事实却相反，工业油漆所含的甲醛等各种对人体有害的物

质，总让人不放心，漆树所产的天然涂料越来越受人们欢迎。只是，来自漆树的天然涂料已越来越难寻觅，越来越珍稀。

其实，漆树不仅产油漆，它本身还是一味中药，在乡下诸多偏方中，都少不了漆树的身影，催乳、消炎、止痛都能用得上。干漆有通经、驱虫、镇咳的作用，还有提高身体免疫力等功效。近年医学界发现，漆树酸具有改善神经异常的作用。漆树还有许多待解之谜。

有人对我说，这漆树还是做家具的上乘木料，说它具有红木般的品质，坚硬且耐腐。若在以前，这消息不亚于告诉我路边的一棵油草能长成一棵树那般神奇，但眼前这棵高大的漆树，不由得引人深思。之前在乡下，我所看到的漆树都是人类生活圈内的漆树。人是利己主义者，对动植物有着天然的好恶。这种会"咬人"的漆树，在有些人眼中难有大用，很难被当成一棵"树"来看待。只有杉树、松树这些常用作建房子、打家具的树，人们才会把它当成一棵树。即使是一棵小树苗，人们也会刀下留情。而不起眼的漆树，通通都是当柴烧的"大路货"，谁也不会手软。不被打扰的自然才能看到动植物本来的面目，我以前看到的漆树，充其量只能称为漆树苗，在柴刀的把守下，几乎都没能长成一棵像样的漆树。

这样一棵会"咬人"的大漆树，就长在世界最大的土楼内，简直匪夷所思。从一棵小漆苗长成一棵参天漆树，少说也要几百年。这座土楼最鼎盛时，常住人口有两千多人。几百年中，难道无人被它"咬"过？这似乎是件不可思议的事。但很显然，这棵漆树没受到任何打扰，它安然无恙地长成了一棵参天大树。想到这些，我不由得对眼前这棵漆树肃然起敬，更对楼内世世代代的居民致敬。他和它是人树和谐的典范。

　　漆树属于落叶乔木。闽南少红叶，每到秋冬，若看到山上某串摇曳生姿的红叶，那一定是漆树的叶子在向这个季节做最后的告别。

桔杻

上小学的某个冬日午后，班上几位同学带来几把长相非常奇特的东西。它们像鸡肠子一样，弯弯绕绕，看上去如一团乱麻，令人一头雾水，不知为何物。那几位同学称之为桔杻，还分给大家品尝。

我接过那小东西，小心地往嘴里塞，一嚼，这味道有点独特，甜中略带甘涩，但嚼着嚼着，便觉得有股酥糖的香，越吃越上口，大家开始抢桔杻吃。但僧多粥少，很不过瘾。这时，那几位同学说，这桔杻就长在他们村庄的小溪边，野生果，任人摘。没人看管的熟野果，在缺少零食的年代，简直是一种天大的诱惑。

放学后，同学带我们绕过一条小溪流，来到一座土楼跟前，只见楼前有两棵同株孪生大树，比一旁三层土楼还高出一截。眼前这高大的身影，犹如从土楼跟前斜斜张开一把大伞，疏影横斜间，波光潋滟。

树叶早已掉光，黑褐色的树皮，网状纹理纵横交错，枝丫挂满了成串成串的桔杻。有几个小伙子爬到两棵大树上，用竹竿不断地敲打桔杻，上百人围在树下捡拾桔杻。成串的桔杻，在不断翻飞的竹竿下纷纷落地。人们争相伸手去接、去捡。地面到处都

有桔杻，举手投足都能碰到桔杻，每人手里都抓了一大把桔杻。霜冻过的桔杻早已熟透，呈暗红色，除了生吃，用它煲汤也挺好，村里的大人、小孩一起出动，树下一片欢腾。老树、土楼、溪流，加上欢腾的人群，多像一幅画呀！两棵大树带来一场丰收的集会。

　　那天，我也捡了一大把桔杻带回家。从此，桔杻就牢牢刻录在我的心底。然而，桔杻是我们本地话，是客家方言，客家话常以"桔杻"形容东西打结，那声音听起来还特别清脆，甚至有点尖、有点刺耳，但很容易被记住。然而，这种靠声音记忆下来的东西，无法把它书写出来，直到长大后，我还无法描述它的身份。缺少文字支撑的方言，只能靠自己翻译，但很多方言在转

换成书面文字时都会卡壳，很难在形音意上找到完全准确对应的词。生活在南方的人都会有这方面的困惑，要把生活中的语言"译"出来时，中间总有一道"梗"，只有把这道"梗"解开，才能把它变成准确的文字。桔柑像是一种无法述说的东西，几十年来一直珍藏在心底。每每想起它，就觉得有个清脆的声音在耳边回响，那弯绕到几近打结、甜中甘涩的东西就会闪现出来。后来，我开通博客，博友交流多了，世上多少犄角旮旯的稀罕物都能"网阅"一翻。那天，我无意中在一博文中见到桔柑，有图有文。如遇久别的故友一般，我惊呼："原来你叫'拐枣'呀，'桔柑'！"

桔柑就是拐枣。北方人称拐枣，我们客家人称桔柑。我搜索一下，它还不止桔柑一种别称，还有"鸡爪子""龙爪""弯捞捞""蜜爪爪"等一大串别名，在不同的地方有不同的称呼。但有意思的是，几乎都是以形命名，一听就知道是一个弯弯绕的东西。有趣的是，结出这么弯弯绕果实的桔柑树却非常挺拔高大。其实，桔柑本就是高大的落叶乔木。但有一个疑问，为何我所见到的桔柑几乎都长在溪边？我未见过长在山上的桔柑，难道它是一种爱美之树，需要天天对水梳妆？我一度怀疑它们是人们栽种的风景树，但它们又是从石头缝里"蹦"出来的，分明就是一个"野孩子"嘛。桔柑的故乡对我来说，始终是个谜。

那次回乡下，母亲又和我提起老宅那张炬桌。其实，我每次回乡下，母亲都会和我提起老宅那张炬桌，生怕我忘记。老宅已走出六七代人，如今只剩一个屋壳，只有摆在屏风下的那张炬桌，母亲一直对它放心不下，生怕后代们喜新厌旧，有一天把它给遗弃了。这黑灰色的炬桌，既看不到精雕细镂的工艺，也没有红木般惹眼的质地纹理，就是一件普通"年长"的老家什。然而，母亲一再声称："那是桔杻做的炬桌！"每次，母亲都把"桔杻"二字提高声调。那次看我依然没什么态度，母亲急了，连忙拿起湿抹布擦拭给我看，这时，黑灰色的桌面立马变成暗红色，鸡血红般的纹理一下就浮现出来，条纹走向生动细腻，再轻击几下，有硬木般的金属声，几乎令人怀疑眼前的炬桌是某种名贵红木做成的。母亲信誓旦旦地指着它说："这是老桔杻做成的炬桌，才会传几代人后而不朽。它，可传家！"

在乡下，我见过许多炬桌都是用桔杻做成的，只是从未留意。后来得悉，乡下许多传世的老家具都是用桔杻做的。桔杻做的炬桌、八仙桌、茶几、太师椅，如同名贵红木，一代代传承，结实而不张扬且富有内涵的桔杻深受欢迎。过去许多大户人家都以拥有桔杻家具为豪，它就是平民版的"红木"。或许，正因为这个缘故，桔杻在乡下虽不金贵，却也不常见。长在村庄溪边的桔杻，因位置特殊、敏感，才得以幸存。想到这些，我不由得对桔杻生出几分敬意！

我家门前一棵树

　　我家门前有一棵树，一棵很多人叫不上名来的绿化树。由于枝叶十分相似，我原以为它是芒果树，后来才知道它叫盆架子。

　　这是一片新开发的小区，小区内所有的绿化树都齐刷刷一般身段。我家在二楼，刚搬家时，这棵盆架子刚成活。你看那一树绿茸茸、嫩得透亮的枝叶，就知道它很适应这里的土壤，一扎根

就使劲地向上长。果然，我入住不到半年，它就长到一层楼高了。这时，我发现它不急于长高了，几天工夫，它向四周长齐了一圈横枝，撑开后很像一把太阳伞。那些刚长出的新叶是青绿色的，嫩得耀眼。一家人非常高兴，妻说看来它很愿意与我们为邻啊！你看，它竟先向我们伸出友谊之手了。果然，一整个季节，它都停止向上生长，四周的横枝却长得飞快，其中一枝直接伸向我家阳台。盼啊盼，盼它早日伸过来这只友谊之手。但就在离阳台还有一米宽时，它便收手了。它好像突然记起长高的事，又一心一意地长高去了。纵横之间，一棵树显示出它的从容与不迫。

几夜工夫，盆架子又向上蹿了一大节，长到与三楼阳台一般高时，它又停止长高了，又开始左右张望，好像又在酝酿今后的长向。最后，它还是和先前一样，向四周撑开枝条，又张开另一把伞。这样连起来看，它像一顶两级降落伞。一家人每天为它的欣欣向荣而欢欣雀跃，看它把自己安排得多妥帖、多实干，总是脚踏实地、一步一个台阶地前进。妻说它挺君子的，每攀登一层楼就撑开一把伞来。假以时日，它准能长到七层楼高，这样等于在家门前矗起一座七级玲珑宝塔，那多养眼。与这样的一棵绿化树为邻，真提气。

可是不好的事情还是发生了。那天，我们在阳台纳凉时，突然看见头顶伸出一根长长的不锈钢管，不断地敲打树冠上的枝叶。我正纳闷着，谁呀？竟跟一棵树过不去？到楼下一看，我才发现是楼上人家开始对这棵树严加看管了。他们担心它长到四楼去，既影响采光，又影响通风，还遮挡视线，这是他们绝对不能

容忍的。此后，只要这棵盆架子一长出新枝来，就立即被打压下去，一年四季，一棵树与一户人家长期对峙。他们用一根钢管牢牢地把守着一棵绿化树的生长高度，虽不致死，却也容不得它放纵。

后来发现，小区所有靠近居民楼的那排盆架子，都没超过三层楼高度。三楼就是它们最后的红线，过了这个红线，就得修剪。我跟妻说，若当初我们也不让它往上长，那它最多只能长到我们眼皮底下。妻说，这样天天面对一棵侏儒般的绿化树，那多恶心。

不好的事情又发生了。过了五年，盆架子长大开花了。这些花就像散了架的西兰花一样，绿绿的，长得一点儿也不好看，气味还十分怪异，熏得人头疼。大家议论纷纷，这是什么怪味？太邪乎了！那怪味熏得家家门窗紧闭。饱受诟病的盆架子，让物业也难替它说情了。物业干脆请人把这些盆架子齐刷刷锯倒。这些不受欢迎的盆架子，被锯得只剩下两米高的树桩。怪味自然消除了，但小区里高大的绿化树一夜变成一排树桩，令人好不扫兴。

还好，顽强的盆架子竟一棵都没死，仅过个把月，它们又冒出芽来，和刚栽下时一样，它们又前仆后继地重新出发。我们又天天紧盯着楼下那棵盆架子。开始，它在断口处发出十几枝巴掌长的嫩芽，怯生生地互相探头张望。最终，紧邻我们家的那一芽率先探出头来，十几天工夫就长得有半人高，把兄弟姐妹远远抛在身后。几乎和刚种下时一样，蹿到一层楼高时，又不再长高了。它开始新一轮横向扩张。一棵盆架子的成长轨迹在我们面前再次重现，它蓬勃的生命力令我们一家人欢欣鼓舞。

　　然而，相邻的那棵盆架子就没那么幸运了。那年，邻梯二楼换了新邻居。这对新来的老夫妻搬来人字梯，拿刀一下把新芽剃光。这让那棵盆架子很受伤，元气尚未恢复，又再添新伤疤，我们都替它捏了把汗。过些天，那棵盆架子又密密麻麻地冒出十几枝嫩芽来。那对老夫妻准备再次下手时，所幸物业及时阻止，但他们并未歇手。隔天，他们拿出细绳把这些嫩枝往水平的方向牵引，所有的新枝都被牢牢拴在一个水平面上，还隔三岔五地对它们修剪一番，决不让它们对天空有半点儿非分之想。这棵盆架子在那对老夫妻的严加看管下，再也没有增高一丝半毫。妻说，一棵可以参天的大树，现在却只能长在眼皮底下，好比把一个高大的人变成侏儒，大煞风景。

　　大煞风景的可不止楼下这一棵，小区临街那排盆架子也都长着侏儒一般的身段。它们身后是一排饭店，我几乎每天上班都要路过那里。它们刚栽下不久，饭店的几个小伙子有时拿它们当球篮，有时拿它们当秋千，还有时拿它们当锻炼脚力的树桩。这几棵盆架子就在他们的拳脚之下，终日战战兢兢，就像一个个饱受欺凌的孩子，遍体鳞伤。好不容易长到二楼时，又被楼上的居民理了个光头，把它们定死在刚种下时的高度，再没增高半寸。

　　每次路过这里，我都无语。为何一些人的心里就装不下一棵树呢？

南洋楹

　　每次到平和安厚农场见到这两棵大树时，我的心中总会涌出一股崇敬之情，对它们报以最深的敬意。它们一左一右地立在村边路口，日夜打量身边的来客，似乎在张望，又仿佛在诉说着什么。

　　我试图走近它们。那是一个初夏的清晨，草叶上的露珠还未干，初阳就像是一个蛋黄，微微一阵晨风从溪面拂来，传来几阵捣衣声。透过车窗先看到这两棵大树，车子过了一座桥，这两棵大树在眼前划过一道优美的弧线，一排红色的砖瓦房掩映在两棵高大的树荫下，四周一圈围墙圈成一个独立的院落，墙头杂草丛生，苔痕斑驳，连房顶上都长满杂草。来之前有人告诉我们，看到这两棵大树，农场就到了。

　　我开始打量这两棵大树，发现它是我从未见过的树，枝叶有点像凤凰树，但它的叶片来得大一些，每一片都有一粒刀豆那般大小，一条枝叶一齐张开，就像一把大芭蕉扇。我请教同车的人，竟无人识得，它像谜一样嵌入我的脑海里。

　　站在四周眺望，坐落在灵通山脚下的福建省安厚农场，原是福建省农垦厅直属单位。透过历史时光，回想那红旗招展的年代，一夜之间，一座村庄更名成农场，从此，村里人的命运发生了改变，原本都是翻泥巴过日子的农民，一下都变成农场里的职工，尽管职业还是种地，但这就像鲤鱼跳过了龙门，不是一个人，而是一个村庄的人都跳过了"农门"，他们有了自己的固定工资，这是哪辈农民都不敢想的事。

　　我打听过这村庄原来的名字——安厚下坪村。这个不起眼的村庄变成农场后，一下子从四面八方涌进了一批年轻人，他们满怀一腔热血来参加农场建设。我查到一份资料，从漳州来的知青就有两百多人。

　　路边走来一位晨练的老伯，我们先好奇地问起这两棵树的名字。老伯说："哦，这两棵树呀，它们是地道的外来户啊！"树也有外来户？看我们一脸惊讶，老伯解释说："这两棵树和这个农场里很多人一样，都是外来的。它叫南洋楹，它的故乡在南洋！"这树名一听就令人喜欢，准确、简练，听了就明了它的一切身世。我们也开玩笑说，看来它倒很适应这里的气候，没有半点的水土不服，身在他乡即故乡啊！老伯笑呵呵地说："说不定还乐不思蜀呢！"老伯告诉我们，这两棵南洋楹就是在农场成立那年种下的，是场里一位知青从家乡带来的两棵树苗，没想到几十年后，它长成参天大树，他们却都老了。

　　听老伯的口音就知道他不是本地人，他说自己就是从漳州来的知青，大部分人迁回原籍了，但还有几个和他一样留在农场，包括当年那位种树人。

　　在一座小土坡上的旧瓦房里，应声走出一个弯腰驼背的老大

娘，微风撩乱了她稀疏的白发，岁月像在她的两条腿上灌了铅似的，她走起路来非常吃力。我们的到来，似乎撩起大娘的思乡之情，一问到这两棵树的来历，她就流下激动的泪水。大娘回忆说，当初他们家院子里有两棵高大的南洋楹，比农场那两棵还要高大，她听她父亲说，那是她祖父漂洋过海带过来的，种在自家的院子里。那时她父亲还是个小孩子。后来，她要离开家乡时，父亲对她说："你也带两棵家乡的树去吧！你到哪里，就让它在那里生根发芽。"

大娘说她刚来的时候，这一片还是田野，两棵南洋楹种在那里，显得有些孤单。两棵小树苗，瑟瑟地挺立在农场院门外，叶子都落光了。她想它们可能是想家了吧，所以一有空就跑来看它们，一个人不断地陪它们说家乡话，直到它们慢慢地都长出新叶来。它们跟含羞草一样，长得像个羞羞答答的姑娘，一块儿来的年轻人都喜欢这两棵小树。碰上旱季时，他们从溪边提水来浇。要是谁家的牛拴在树上，他们就把牛牵回主人家，后来干脆给它们围了一圈篱笆保护起来。这时场里正在规划在两棵南洋楹周边造几排房子，眼看这两棵树保不住了，知青们一块儿站出来，坚决要求留下它们，才让它们长成今天这模样。

后来落实政策的时候，一块儿来的大部分知青已返回故乡。大娘说，她的父亲早走了，院子里那两棵大树也都不在了，家乡的亲人就剩下身边的两棵大树了，她要回哪里去呢？还不如留下来。

苦楝树

一条小溪流过一座古老的村庄，溪边长着一棵和村庄一样古老的苦楝树。它的身后是座古老的土楼，苦楝树就像一个哨兵一样，把守着这个古老的村庄。

如今没人说得清这棵苦楝树的来历了，听村里的老人说，似乎从这个村庄开基时起，它就已经是一棵大树，没人见它长大过。一年四季，苦楝树花开正是布谷鸟鸣叫、村里人插秧的季节，等到它树上的果实成熟时，又正是深秋初冬收获的时候。一棵树的开花结果就是季节的风向标，村里人凭此就知道该插秧还是该收冬了。

听村里的老人说，以前这村庄的四周是一片荒野，周遭的森林包围着整个村庄，野猪、香獐、狐狸，甚至还有豺狼常出没村庄，闹得村庄不得安宁。于是，有人提议伐去村庄周围的所有林木，开垦成农田与果园，这棵苦楝树也在人们的砍伐之列。那个夏天，这座土楼刚落成，有人说留下它好有个乘凉的去处，它才幸免于难。

苦楝树下有几块大青石，村里人都爱坐在这里谈天说地，随便一条马路消息都会说得风生水起。有段时间，绒花婆是这棵大树下的常客，她不说笑也不发布消息，而是把自己坐成一尊雕塑的模样，痴痴地望着村里那条机耕路，不知何时会转来漳河的身影。漳河是这十里八村唯一的邮差，他骑的那辆高大的绿色自行车，能把天南海北的消息带到村庄的各个角落。绒花婆也在等待一个音信，等待漳河给她带来远方亲人的好消息。她唯一的儿子进城务工，整整十年没有消息，当年跟她孩子一起进城赚钱的人一个又一个风光地回来了，却独独不见她孩子的身影。和她孩子一起进城的文清说，他们一块儿到一个陌生的大城市，在一个大广场上，她儿子跟着一伙淘金队的人上了一辆大巴车，那伙人说，要带他去一个能淘到金子的好地方，从此就再也没有见过他。

绒花婆的祖上是个大户人家，她是这个家的掌上明珠。后来，一家人几

经磨难，她也被父母送到这土楼内一户冯姓人家当童养媳，她的命运在那一瞬间大转折。

对于天空，土楼就像一口古井。土楼人家一户挨着一户，彼此鸡犬混杂，亲如一家。那时楼内一群和绒花婆一般大的孩子们经常捉弄她，永远让她当游戏的配角，比如在野地里烤地瓜时，她要负责捡柴火，地瓜烤熟了却没她的份。那时，有一个叫大海的孩子从不欺负她，她后来才注意到，大海也住在楼内，和她家面对面。有次，她和大海一起在草坪上烤地瓜，被大海的母亲看见了，她上前一把把儿子拉走，对她丢下一句狠话。从此，大海见到她，总是躲躲闪闪的。

后来，绒花婆就成了土楼那户冯家的儿媳，可是没多久，他男人却丢下她娘儿俩先走了，留给她一个嗷嗷待哺的儿子。她男人走后的第二年赶上大炼钢铁，村中央架起了大锅炉，附近山上一片又一片的林子都烧进了这个大锅炉里，最后柴火不够烧时，有人打起苦楝树的主意，说干脆把它砍了为革命钢铁做点贡献，几个情绪高涨的年轻人说干就干，拿了斧头就砍起这棵老树。楼内秀山公是个有见识的人，他上前喝住年轻人，说，这可是当年红军司令路过村庄时拴马的一棵大树，是一棵对革命有贡献的树！听了这话，所有人都愕然地歇手。这棵年老的苦楝树虽丢了半条命，但终究还是躲过一劫。

熬到"春风又绿江南岸"时，绒花婆的孩子也长大了。那年的春天来得特别早，充沛的雨水唤醒了大地，也唤醒了村里一大批年轻的赶潮人，纷纷丢下农活到城里淘金。在那年苦楝树扬花的季节，绒花婆的孩子帮母亲把农活收拾好，也跟着大伙儿一块儿淘金去了。那天早上露水很重，绒花婆还特地煮了六个鸡蛋给儿子路上当点心，六个鸡蛋饱含一个母亲祝儿子六六大顺的意思。从苦楝树下一直送到机耕路边，看儿子和村里其他十几个年轻人一起爬上"六一"手扶拖拉机，最后消失在尘土飞扬的村庄尽头。

　　从此，绒花婆的心思也追着儿子的脚步到天涯海角，她总是一个人苦苦地坐在苦楝树下，等啊等啊，等到村里其他年轻的淘金人一个个风风光光地回来，却没有儿子的丁点儿音信。渐渐地，她都怕见到那些城里回来的年轻人，甚至怕听见城里的丁点儿消息，怕所有人问起她儿子的消息，她长年累月地把自己藏在田间的各个角落。每年的大年夜，家家张灯结彩，绒花婆也会在桌上添双碗筷，独自守着一桌年夜饭坐到天明。寒来暑往，这棵苦楝树还一样开花结果，在绒花婆儿子离开的第五个春天的开花时节，一天夜里，土楼人家都听见绒花婆抱着那棵苦楝树痛哭、倾诉：

　　"苦楝子，苦坨坨，不见儿归望千里，娘的泪水流成河；苦楝子，苦坨坨，日短夜长梦见儿，醒来一场空欢喜……"

　　春去秋来，村里这棵苦楝树依旧在春天里开花，在秋天里落果，继续守护乡下鸡鸣狗吠的生活。绒花婆什么也看不见了，但她依旧每天坐在这棵苦楝树下，望着天空的尽头。

守望老茶树

　　远看村后山坡上，那一小片绿色特别显眼，葱郁之中还以为是一丛灌木，走到跟前细看才发现，原来是一棵枝繁叶茂的老茶树，让我顿时惊讶不已。

　　印象中，大树般的老茶树只有深山老林中才有，那是野生的茶，以树的形象挺立在森林中。而村庄四周的茶，则是永远长不大的一丛丛灌木，它们总是依偎在人类垦荒的田园中，以低伏的姿态连成一片葱郁的海。而眼前这棵老茶树，独撑一片天空，它的树冠超过一间大房子，主干连一个成年男子都难以合抱，树干上长满苔藓，嫩绿的枝叶下还结满了茶籽，一副童颜鹤发的模样。幸亏树上还挂着一块古树名木的保护牌，清楚地写下五百年的树龄，不然还真估不准它的年龄。看过这棵古茶树的研究专家说，它应该是一棵栽培型的凤凰单丛，树龄甚至要远超五百年。

　　一棵人工栽培的茶树，在村庄田园安然无恙地活过了五百多年，简直是传奇。难道眼前这小山村的前身是茶园？它是一片茶园中的幸存者，还是前人随手栽下的唯一一棵茶树？这棵老茶树身上藏了太多的谜，它翠绿的叶片上落满了尘封的故事。眼前这群山环抱的十几户人家，连问起村庄的历史都语焉不详，我迟疑着，一棵茶树会埋藏多少令人铭记的故事？

事实却出乎意料。

距这棵古茶树五十步开外的一座旧瓦房内，住着一位耄耋老人——叶初英。她是这户人家从小抱养的童养媳，在老人的记忆中，老茶树从她来的那天起就一直这么大。说来奇怪，从到来那天起，她就和老茶树结下不解之缘，这棵古茶树是她成长的乐园，从小到大，她常在古茶树前追蝴蝶、捉蜻蜓，甚至在它粗壮的树枝上睡觉。至今，她看见这棵古茶树时仍会产生一股如婴儿看见摇篮那般的特殊感情。

小时候，她常跟奶奶一起来采茶，每次回来，先晒青，然后放入锅里炒，再用手搓揉一下，制成粗枝大叶高山茶的模样即可。别看茶样朴拙，这经时间浸染的古茶树，自有一股特殊的韵味。老人说着，烧壶水，抓一把粗茶冲泡，一股淡淡的茶香随之升起。轻轻品啜，那种高山古茶树所蕴含的丰富口感随之而来，微苦中还带有一股兰花清香，香气萦绕中，一股回甘层云渐起，

气韵足，味甘醇。

　　从小就被这株老茶浸润的叶初英，喝不惯别的茶。随着年纪增长，她愈发喜欢这棵古茶树，她甚至天真地想，她和古茶树都永远不会变，古茶树永远生机勃勃，她永远是茶园中那快乐的女孩。但不好的事情还是发生了，大炼钢铁那年，有人坚持要砍下古茶树去炼钢，她和家人极力反对，才让它躲过一劫。正是从那时候起，叶初英有了保护这棵古茶树的想法。正巧，1960 年，作为村干部的叶初英参加一个茶产业发展的短训会，正是在这次短

训会上，她听到了专家对茶的专业讲解，让她更加清楚这棵古茶树的价值。

　　彼时，她正当花季，人长得端庄有模样，又是村干部，是令人艳羡的金凤凰。就在那时，她做了一个奇怪的梦，梦见古茶树变成一个老爷爷

前来对她说："你一定要保护好这棵古茶树！"从此，叶初英下定决心，谁愿意陪她守护古茶树，她就嫁给谁。

　　班土距芦溪集镇有二三十里，距山下村坑村村部也有四五里，村里女孩争相外嫁。然而，叶初英却信守诺言——嫁人可以，但

男方必须住到她家来。叶初英掷地有声的态度让很多人望而却步，但凡事都有例外，她还真等来一位痴情汉子——新村村的叶阿仙。新村是山下大村庄，距集镇很近，而且叶阿仙当时还是芦溪镇松香厂干部，身份不一般。

看得出，叶阿仙是一个忠厚且靠得住的人。但一想到保护古茶树的初衷，她还是重申在山上过一辈子的誓言，没想到对方满口应承。

成家后，叶初英依然没离开班土。后来，叶阿仙调到外地工作，她还是没离开班土。一想起大炼钢铁时的遭遇，她就感到隐隐不安。她不能离开古茶树半步。果然，后来的一天，突然来了很多人，他们坚持要砍掉这棵古茶树。这是她家的菜园子，叶初英据理力争，但寡不敌众，古茶树还是被强行砍去一半，几个大枝干被砍掉了。那次野蛮的砍伐，把叶初英吓坏了，她整日紧盯着这棵古茶树，连半夜有个鸡鸣狗吠都要起来查看一下，好在那种事情再也没发生，古茶树得以幸存下来。

如今村庄里的人几乎都住到城里去了，前些年，老伴也走了，唯有她陪着这棵古茶树。万物都有灵性，叶初英总觉古茶树和她有种心意相通的气息。她三餐都喝茶，身体稍感不舒服就泡茶喝，喝透了，很快就会好。她守护老茶树，老茶树滋养她，她与它相依为命。岁月，犹如杯中的味道，需要慢慢细品。

最近不断有人来打探这棵古茶树，甚至有人出高价想买下这棵古茶树，都被她断然拒绝。古茶树就是她的命，怎能卖？她说自己要走了，也会交代后人继续看好它。

火红的柿子

小时候，村庄有两棵柿子树，一棵长在村头，一棵长在村尾，遥相呼应。每到金秋时节，树上结满了火红的柿子，远远望去就像一颗颗小小的红灯笼挂满枝头，映红了天边的晚霞。

听村里的老人讲，这是两棵有来历的老树。早先不知是村里哪个勤快人，从山上挖来两棵野柿子，经过嫁接就长成如今的参天大树；也有人说这两棵柿子树原本就长在这里，连同村庄，这里原本就是一片荒野，后来有了村庄，人们手下留情，让它长成今天的模样。反正没人说得清它的身世，它就成了村里人共有的两棵果树，把守在村庄的两头。

在那兵荒马乱的年代，村里经常闹哄哄的。那时村庄只有一座扇形的老楼，六七户人家聚居在那里。夜半经常有人来抓壮丁，不知是谁走漏了消息，听说这村庄里来过一队人马，当时村里的大坤和二添跟他们走了，那阵子他们就来得更勤快些。只要半夜一闻狗吠，来水公和隔壁的丁香婆就会感到心惊肉跳的，整宿难睡安稳。他们独叔寡嫂，各有一个刚成年的孩子，这两个孩子很不老实。听说深山里藏着一队人马，他们的孩子经常往深山里跑，当上什么地下小交通员，这风声一传开，村庄不安宁了，经常半夜有人来。

那阵子，来水公和丁香婆都不敢让孩子睡在家里，而让他们睡在草垛上。那天夜里，来水公感到今晚静得深沉，到半夜了，连一声狗吠都没有，连露水滑落的声音，他都听得见，这让他有点儿堵得心慌。他很不放心地起来，四周院落响起的鼾声此起彼伏，他在天井边站了良久，决定出去看看他们的孩子。楼门"咯吱"一声打开，星斗满天，夜凉如水，周遭一片影影绰绰。隔着围墙，他先看到那两棵柿子树，正是成熟的季节，一些柿子开始挂红了，这些天，喜鹊和乌鸦来得特别勤，成群成对地来。这生灵鬼精鬼精的，一粒红透的小野莓也别想逃过它们的眼睛，何况

一树成熟的柿子。哪颗柿子经它们的喙一吻，隔天就红透了，一树的柿子经它们一吻，秋天都红透了。来水公想，隔几天就应该把它们都收回来，今年的柿子结得厚，青柿子可以盐卤起来，红柿子可以晒上一些，经鸟嘴吻透的柿子，可以先给孩子们解馋。饥饿时，柿子就是大家的口粮，不能再浪费了。

他自言自语地朝草垛上走去。这时，他看见草垛边有人影攒动，刚叫声"不好"，就被一群陌生人逮着了。全村的人都被集中到石头埕上，但没有人交代两个孩子的下落。后来，来水公被吊到村头的那棵柿子树上，吊了一夜。等到那些人走后，来水公才发现，他们的孩子早就躲到这两棵柿子树上，他们目睹了今晚所发生的一切。他们把奄奄一息的来水公扶回屋里，第二天，各自挑着一担柿子，真的上山了。直到后来解放了，也不见他们的孩子回来。有人说他们早就"光荣"了，也有人说他们后来跟错了队伍，早当了炮灰，还有人说他们跑到外地享福去了。

那阵子，来水公病倒了，拖了几个月就走了。丁香婆一人天天坐在村头那棵柿子树下，等她的孩子。她决不相信她的孩子会丢下她，独自一人享福去。她泪眼巴巴地等了几年，直到把泪等干，凹陷的双眼一片模糊。她的双眼什么也看不见了，但她依然相信，只要这柿子树还在，她的孩子就一定会回来。

这时村里要造队社，地址就选在村头那棵老柿子树那里。这棵柿子树保不住了，消息一传开，丁香婆说什么也不让人碰这棵柿子树，她死死地守着这棵老树，她说要是这棵树没了，她的孩子就找不到这个村庄了。有人商量说，趁夜里丁香婆不在时，把它锯倒。几个年轻小伙子摩拳擦掌，备好斧子和锯子，趁月色来到树下。他们抬头一看，丁香婆坐在树上，就是不肯下来。大家没办法，只好把队社重选在村尾的那一角，村尾的那棵柿子树就没那么幸运了，"嘎吱"一声，倒下了。

这棵老柿树保住了，再也没有人敢打它的主意了，连它结的果子也没人敢摘，都留给那些成群的喜鹊和乌鸦。火红的柿子挂满枝头时，村里人总觉得那么刺眼，直到三年困难时期，终于有人鼓起勇气，摘下一筐又一筐的红柿子充饥。饥饿使人变得无所畏惧，村里人又开始记着它的好。

往事渐渐淡出人们的记忆，来水公、丁香婆，还有他们的两个孩子，都渐渐被人们遗忘，时间会抹平所有的伤口，所有人都在这棵老柿树下有说有笑。一天，村庄走来一个白发苍苍的老人。村庄那座扇形的老楼没了，他却一下找到村头这棵健在的柿子树，泪眼婆娑，紧紧地抱着老柿树哭娘。他没告诉村里人自己的故事，也不说另一个同伴去了哪里，村庄唯一的亲人就剩这一棵老柿树了，他紧紧抱着老柿树痛哭一场，权当对往事的纪念吧！临别前，他还给村里留下一笔钱，说要好好保护这棵老柿树，最好村尾再种上一棵柿子树。说完，那白发苍苍的身影就消失在村尽头的天边斜阳里，再也没有回来。

这盆幸福树

　　身后这盆幸福树有些年头了，不知不觉间它都长到一人多高了，已经高过身后那个立柜，一回头才猛然惊醒，那是一个仰视的高度，我们一下陷入一场跨界对视之中。

　　那年，单位实行网格化办公，十几号人挤在一个大科室里，空气一下变得浊重，单位买了几盆植物摆在办公室的四个角落里。刚到来时，这盆幸福树不过一尺盈余的小苗苗，五棵小苗挤在一个高桶式的花盆里，就像五只刚破壳的毛茸茸的小鸭挤成一团。

　　当时并不是很在意，甚至连它的名字都叫不上来。然而它就摆在我身后，每天无可回避地都要与之照面好几回。如同与一位新同事相处，起初，总是不冷不热对视几眼，就各自忙开了。然而，几天下来便觉得有些不对劲，原先那略呈淡黄的鲜嫩叶子日渐软下去了，才发现它脱水了。赶紧舀半桶水来把它浇透，浇到从盆底溢出水来才收手。心想，总算发现及时，这下它应该有救了。次日上班接着浇，像对待一个小病号一样，小心伺候着。可是不好的事情依然发生了，它开始稀里哗啦地落叶了，几天工夫，树叶落光了，令人好不沮丧。

　　几日后，我便渐渐放下对它的牵挂。但每天上班，我依然习惯与它先打一个照面，看看它有无新动静，再与其他几盆花草一块浇水。在我眼中，即使它只剩标本般的一根小树干，那也是一个生命最后的模样。何况它的树枝并没枯死，在生命的十字路口，它面临一场艰难的抉择。谁知，过了一个多月，五根小枝干果真冒芽发新叶。很快，不出一个礼拜，它们又一身绿装。与之前嫩绿的叶片相比，新长的叶片显得细瘦些。但我还是觉得现在的叶片结实，之前的明显带有温室般的娇弱。不知不觉中，它完成了一次生命的涅槃。

　　往后，我便开始留意这盆新生命，用手机一扫，原来它叫"幸福树"。这名字就像某种隐喻似的，看到它就让人觉得精神一振，感觉日子有奔头。但我并没格外关照它，我想生命最健康的状态是不被过度关照，也不被完全漠视，而是一种若即若离的自由状态。我隔三岔五地照看它一下，勤奋时每天浇点水，若忙不过来，三五天都没浇水。这样有一搭没一搭的，我与它真有点儿君子之交的味道。过年时，我给它挂红灯笼，小小的那种。我每年都会给花草挂灯笼，在它们的枝头挂出满天星的阵式，让人一看到它，就有一种喜感从心底溢出。

　　和养宠物一样，这些家居绿植也需要被人惦记。对身后这盆幸福树，每次出差前，我都会狠狠地浇它几瓢水，直到浇透方罢。若离开一周以上，我还会请同事特别关照一下。但更多时候，总是相忘日常之中，我和这盆幸福树就是杯水之交。整整三年，它在我眼皮底下，无声无息地生长着。那天，单位要搬一个

立柜摆在我身后，需要给它挪个位置，才发现它竟然长得比立柜还高，快长到天花板了。

面对这么一盆高大的幸福树，我的心情顿时复杂起来。很明显，盆中少量的花土已经不能满足它的生长需要了，甚至连这花盆都显得太小。留下还是把它搬走，心里很是犹豫。搬走容易，除非把它种到某个合适的野外，否则它难逃被遗弃的厄运。还是舍不得，最终决定留下它。我把它挪到窗边，那是一个日照充足的地方，从午后到太阳落山，阳光满格。赶上阴雨天也不差，它还能沾点雨露。往后半年，便知这决定是对的，有充足的日照，向阳的叶片绿得发黑，且更加肥硕。渐渐地，它所有的枝叶都朝向窗外，这盆幸福树喜光。

但看它这么大的个子，总怕它营养不良，赶紧给它添满一盆土。清明一过，果然又是一番状态，每棵枝干上一下飞出三五丛新枝条，一重一重的新叶覆盖枝头，它和这个春天同行，一步也没落下。不像同事们养多肉植物那样，成天捧在手心里，我对它依然是有一搭没一搭的。其实，我对所有花草都是有一搭没一搭的，办公桌上的绿萝总要十天半个月后，等到叶片变软发蔫才会浇水，那盆仙人球就更不用说了，一年到头也不见我给它浇水。多出的爱就是害，我不想惯着它们，尽管是盆栽的，但还是希望它们能接近自然本性，活出草木的精神来。而它们也早就习惯了这种半饥半饱的状态，包括电梯旁那盆美人蕉和绿萝，几次都差点枯死，幸亏发现及时，猛灌它几瓢水下去，它们又醒过来了。后来发现绿萝喜阴，不论我多殷勤，整日在走廊暴晒，叶子总是黄黄的，干脆把它移到洗手间的角落里，几天后叶子就转绿了。前阵子出差，一周回来发现那盆美人蕉真不行了，连叶片都耷拉到花盆里了。我心想，万物终有一别，走了我也不牵挂它了，但又不死心，又给它浇了两大瓢水。往常，大半天后准活过来，这次却没有，直到半夜我加完班回家也不见它的动静，我彻底死心了。谁知，次日我到单位签到时，它又苏醒过来了。虽然还未复原，还有点稀松状态，但硕大的叶片已经举起来，到中午下班时，它精神着呢。

与主人朝夕与共的植物，是主人的精气神的写照。它旺盛，说明主人状态好，反之亦然。

故乡的枫爷爷

故乡在遥远的山旮旯里，那山像把太师椅，山里人家就落在椅中央。椅背是绵绵的梯田，沿着扶手形的山冈的是茂密的森林，眼前是一条宽宽的河，河边十里河滩、十里绿竹婆娑。

可能是造物主一时疏忽，在这把太师椅的右扶手处冲出一条小溪，使它不能和邻山相连，留个缺口为憾事；然而，天地有灵，竟在此缺口处留下一棵巨大的枫树，连祖宗的祖宗也估不准它的年龄，它亭亭如盖，挺立在这山坳口，补缺得近乎完美。

有了这棵巨枫，村庄变美了，山水和谐了。这小小的村庄显得那么玲珑，像幅写满秋意的天然童画。村民们以为是神赐，世代小心地呵护着，称它为"枫爷爷"。

这棵巨枫，主干得五六人合抱才能合拢它的腰身，十丈高处，枝干向四面八方扩散开来，层层分级，密密排布；四主干像四条虬龙凌空飞舞，树上苔藓满枝；它横卧在地上的主根有两人合抱那么粗，盘根错节，像暴凸在地表的青筋，是供人歇息的天然靠背。离它不远处有三棵比它稍小的老树，树干有二三人合抱那么粗。还有两棵古松，个高挺拔，直冲霄汉，像哨兵一样，一左一右地站立在巨枫的两旁；一棵柯树，像侍女，倚立在巨枫的耳侧轻声细语。它们临溪而生，仿佛流水遇上知音，奏着欢快的乐章给这几棵老树听。

老树上栖息着成千上万的生灵，有各种各样的小虫，爬的、走的、飞的，嘤嘤嗡嗡，终日萦绕林间。这里也堪称鸟的世界，有布谷鸟、猫头鹰、乌鸦、喜鹊……它们各占枝头搭窝做巢。每当月落乌啼时分，只听布谷鸟巡回在溪涧边，一遍又一遍地深情呼唤；猫头鹰在老树上"呼、呼"鸣叫。有人在大树的旁边挑水时，常见有狐狸从树上飞蹿下来。它可能是趁月色去扒鸟窝，干那见不得人的勾当。

孩子们把老树当成游乐园，抓住垂临地面的虬枝荡秋千、捉迷藏、粘知了、追蜻蜓、看蚂蚁搬家，把童年的那玩兴在这里耍尽。庄稼汉子来到大树下，一屁股靠大树的板根坐下，"吧嗒吧嗒"地燃上一锅烟，一起劳作的妇人们则在一旁找块大青石坐下，捋着额发，悠闲自在地乘凉。大树下也是年轻人抒情场所，月明星稀时，常有一对影子在躲躲闪闪的。选在大树下盟约，仿佛此情如树，万古长青。

这如诗如画的景致深深地烙在人们心里。记得童年的某个秋天，村庄为造队社，一夜间伐去那两棵古松和那棵柯树。在这两山凹之间就剩这棵孤零零的巨枫了。这棵巨枫孤单，老了又失去朋友，阵阵山风吹来，发出飒飒的无人听懂的哀鸣。又过了十多年，在一个风雨交加的夏夜，睡梦中的人听到霹雳一声巨响，巨枫走完了它风雨飘摇的最后旅程，永远地躺下了，从它树根部齐刷刷地断开了。

　　睡醒的村里人都推测说，"枫爷爷"是给雷劈倒的。伐去那三棵古树时，有谁想过夹在两山凹的巨枫已独木难支岌岌可危了呢？不要说一次台风袭来，就是一阵落山风也足以折倒这样的一棵独木。这么高大的一棵大树，雷电不可能一下击到它的树根处，应该先击到它高处的枝干才对。我常在城里看到那些百年老树都被立碑作传，曰"古树名木"。每在台风欲来之前，不要说这些"古树名木"了，就是那碗口粗的一棵小树都会被层层叠叠的铁架支撑，心中常涌出一种酸涩的感觉，这些树是多么的有福气啊！

　　几十年过去了，巨枫依然活在我记忆的天空里，亭亭如盖。大树倒下了，林子没了，什么鸟都飞走了。但我会把这故事讲给孩子们听，告诉他们这里曾经是完美无缺的。愿孩子们把这个故事传下去，以纪念这棵千年巨枫的育我之情。

领养一棵树

一进林场，我一下子成了一个失语者，不知道该如何和这片林木"说话"。这一棵棵参天大树像巨人般矗立在眼前，我却一棵也认不出来。一起来的同伴更是一惊一乍的，我们陷入了一场陌生的包围之中。人这万物的灵长，其实一生都是索取者，我们很少对身边的事物仔细辨认，总是在"生吞"生活，在无数的生活场景面前，我们都是一个无知的失语者。

我们被带到一片新栽的林子里，林子里没有一棵高大的树木。但看得出，这里的苗木都受到极好的照看，这里每一棵树都长势喜人，葱茏、旺盛。阳光下，它们好像在进行一场比赛，互相提醒着："加油，伙计。"令人惊讶的是，园子里的每棵苗木都有尊贵的身份——沉香、降香黄檀、檀香、牛樟，名贵树种应有尽有。一打听，方知这是一片领养园，园子里的每一棵苗木都有人认养，每一棵树背后都站着一个主人。这么多名贵苗木集合在一起，多像一所全托的托儿所，即热闹又尊贵。我仿佛受到感染似的，突然冒出一个念头——走，领养一棵树去！

这念头一冒出来，自己都吓一跳。仔细一想，也不是没来由。越来越多的山头露出光光的脊背，看到溪流变细，看到越来

越多的土地赤贫、沙化，越来越多的赤潮、死水，几近锈迹。看到这一切，作为一个山里娃，总是无比心痛。林木成为自由商品，注定逃不掉买卖的命运。靠山吃山已不再是个口号，多少森林一夜间成为经济林，一座山甚至几十座山都长着同一个树种，山其实变成了工厂。我们这一代人掏空地下的，再砍光地表的，我们在竭泽而渔。走进这片林子才明白，回避是一场不负责任的逃离。拿起锄头种下一棵树，即使是来这里领养一棵树也胜过那无谓的叹息。看到这片林子，我觉得每个人都应该去种树，起码应该去领养一棵树。

但我也明白，领养一棵树的人远比养一只宠物的人少，更多的人愿意把爱心献给宠物，甚至献给虚拟的空间。这片领养的园子，怎么看都像一份倡议书，它向我们每个人发出诚挚的邀请，每一片绿叶都是它的邀请函。

只是我不会来这里领养一棵树，这片林子的每一棵花草苗木都受到最好的优待，它不需要我在此锦上添花；江山辽阔，到处都有需要我雪中送炭的地方。在这里种下一棵树，只为园子添份绿；在那荒芜的原野种下一棵树，将来它就是一片森林。即便你不去种树，只要不对精美或名贵的家具动心，也能挽救一棵百年老树或一片森林。试想，多少人一生都是一个毁林人，却从不种下一棵树。每一个人都应该种下一片足以让自己挥霍一生的林子，你才有资格和森林说话。

空气中铅含量日渐升高，越来越多的人在公园里发思古之幽情，对那些人工花草搔首弄姿，殊不知，每个人的脚下原来都是森林。

　　每次回乡，总有人怂恿我卖掉那片林木，那是我二十多年前亲手种植的一片杉木，如今已成林。我总是轻声叹息，它在我眼里是一棵棵茁壮的杉木，但在更多人眼里，它们还是一沓钞票。只要我点个头，我、伐木工人、运输队、木材加工厂、家具工人、家具厂、营销商等，一连串的人都能分得一杯羹，而我就成了一个直接的毁林人。这片林子的存在，提醒我自己还曾是一个育林人。我也砍过树，曾经为自家的柴火进山砍树。所幸这里的土地不记仇，它依然愿意给予人类以馈赠。但对着更多的荒漠，我丝毫没有庆幸的感觉。土地永远不会随着生活节奏提速，它有着自然的规律，被过度开垦的土地需要时间来修复，就像每一棵树的年轮，那是岁月刻在土地上的印记。路边每一棵降香黄檀都要历经百年才能长成，它的生长速度永远赶不上我们的欲望膨胀的速度。它提醒我，不该再用商业的眼光去打量这些无言的生命，而应给它们时间。

　　贫贱或名贵是人强加给万物的标签，作为物种，本身并没有贵贱之分。我期待这片领养的园子除了名贵苗木，也能多一些普通苗木，万物共荣才是一个完整的大生态。我不会在这里领养一棵树，我只等待开春的日子，回乡找个空地种上几棵普通的树。

一树花开十里香

一树花开十里香

有时候，对一棵树的记忆胜过一个人，甚至一群人。

秀峰凹这棵活过了几个朝代的老含笑，曾经有两个村庄因它而香，因它而醉，一代又一代的旅人因它而欢欣鼓舞，它的传奇足以抵上一部村庄的历史。

若非亲眼所见，简直难以置信，眼前是一棵三个成年男子都难以环抱的含笑，一棵常被用来点缀的绿化树，竟长成二三十米高的参天大树，它长出人们的经验范畴，让人一下失去赞美的语言。这么高大的含笑不要说是全县，就是全市、全省，甚至全国也极为罕见。

自古以来，秀峰凹就是秀峰和福塘间一个"要冲"之地，一条古驿道横穿而过，山凹口还有一座供人歇脚的凉亭。站在秀峰凹上，秀峰和福塘两地尽收眼底。秀峰凹北面是秀峰村，南面是福塘村。如今凉亭早已坍塌，驿道也早已湮没在历史的烟尘中，今人很难想象当年秀峰凹上的胜景，幸好当年凉亭那副"云深树密磴道，鸟鸣客语山音"对联，为后人昭示出当年秀峰凹山高林密、古道西风的情景。长在古驿道旁的含笑，不仅见证了两村之兴起，也见证了千百年来旅人风雨兼程的艰辛脚步。

　　明弘治年间，打铁为生的游均政，从永定一路颠沛流离，最后在秀峰这片土地上站稳脚跟。历经五百多年的分蘖开枝，如今秀峰全村近五千人均为游氏一脉，族裔遍布海内。游均政成了当地游氏一世开基祖，世称"打铁公"。

　　明万历年间，朱熹后裔朱宜伯举家避乱，最后在与此一山之隔的大峰停下疲惫的脚步。经过一番休养生息，懂风水的朱宜伯不仅在当地站稳脚跟，还依山水太极形意，定点错落，土楼、学馆、祠堂精心布局，大批民宅大厝拔地而起，奠定了今日太极村的基本格局。

　　其实，顺着这条古驿道走来的何止游、朱两门望族？每逢战乱或灾年，大批中原先民向南走来，他们就像一颗颗种子，落在南方广袤而肥沃的土地上。这些历经苦难而漂泊的"种子"，似乎都有着异常强大的生命力，无论到哪儿都能落地生根、开花结果，山水相连，烟火相望，甚至鸡犬相闻。群山绵延中，一个个村落如繁星散落，这些迁徙的族群把华夏文明的火种传播开来。

　　村镇密集之地，一条条商旅驿道穿梭其间。当年，秀峰凹上这条古驿道还只是一条羊肠小道，晴天还好，一到雨天，泥泞不堪。清康熙年间，当地一位叫游峄生、人称"游三爷"的大财主，率众从永定大溪到平和大溪，把一百五十多公里的山道都铺上了石阶，并在一些险要山凹、隘口建有凉亭，供人歇脚避雨，让出行的人们不再受泥泞之苦。秀峰凹那块清康熙丙子年立下的砌路碑，清楚地记下当年这段动人的故事。

　　无独有偶，清末民初，靠诚信起家的乡邻——长乐霞翰人朱庭秋，出资铺设八条六十多里的石板路。朱庭秋的善举在当地广为流传，长乐周边有很多叫"庭秋凹"的旧路，一个人的善行，就像脚下的石板，越磨越亮，被后人所铭记。

当年的驿道好比今天的公路，正是一代代的游峰生和朱庭秋们，把这一条条乡间小道越走越宽，越走越远，最后变成一条条康庄大道。崇山峻岭，一条条驿道蜿蜒其间，宛如血脉，把历朝历代的族群基因串了起来，使之成为一根维系亲情的纽带，一个播撒文化的驿站，一条联通商旅的大动脉。

古驿道沿途的福塘、秀峰、坪洞这些大村落中，明清时留下的大厝宅院随处可见，这一带定少不了游峰生、朱庭秋这样的大户人家，他们的足迹遍布四海，这条布满石阶的山道上定少不了往来的身影。一担担紧俏的山货，一筐筐雪白的银两，在货郎下垂的扁担上来回奔波。来回奔波的又何止这些大户人家？挑担、赶集、走亲访友，山道上尽是蹒跚的身影。

大树底下好乘凉。一代代的赶路人都打这棵含笑身旁经过，山凹处的大含笑自然是遮阴避暑的好地方。一朵含笑足以香熏满室，一棵参天大树上，千万朵含笑同时盛开，那股香气是何等撩人。那浓香若随风散开，十里之外都能闻到一股沁肺的清香。试想，若逢花期，在此歇脚纳凉，闻着这浓浓香气，是何等提神惬意。

惬意的何止赶路人？每当含笑花开时，风往南吹，大峰人远远就能闻到股股清香；往北吹，秀峰人也闻到阵阵含笑花香。福塘，之前也叫"大峰"。闽南话里，"峰"与"香"谐音，"秀"

与"晓"也谐音。所以，秀峰其实也是"晓香"的音译；同样，大峰也是"大香"的音译。或许正是在含笑这股浓香熏沐之下，心生摇曳，村庄便都有了与"香"字有关的名称。

当地至今流传着一句民谚："秀峰香喷喷，大峰臭屎巷。"其实不是说大峰很臭，而是为方便路人，当年在凉亭下方靠近大峰的山道上建有一排旱厕，起风时自然会有熏人的异味。其实，这句民谚只是乡野之人互相打趣罢了，从"大香"二字便可看出，大峰人也没少受这棵含笑的恩泽。但从另外一个角度看，一排旱厕建在半山腰上，正好印证了这条古道曾经车马喧嚣的热闹景象。

当年，这条古道上定少不了前呼后拥的身影。远行的人们一路跋山涉水、头昏脚沉之际，突然被一股清香之气迎面一撞，心神定会为之一振，疲惫的脚步也会一下子轻盈起来。特别是那些远道而归的乡邻，不要说闻到这股含笑清香，就是望见它的身影，便知乡关在望，自然会打起精神来，打发最后一段旅程。由此说来，这棵大含笑更像是一棵望乡树，成了一处世世代代赶路人的重要路标。

有人推测，这棵含笑的树龄远远超过当地游、朱望族的族谱年限。其实对一棵树来说，几百年的风雨不算太久。只要不被惊扰，世界上许许多多的草木都活过了千年，它们活成了一部自己的时间简史。一代代打铁公、朱宜伯、游峥生们从这棵大含笑旁经过，古驿道旁的这棵大含笑见证了他们远去的背影。如今，它依然挺立在山凹口，还将见证山南、山北两个村庄的变化。

椿 王

有时，村头一棵老树，便是一部村庄的简史。

——题记

秀峰美岭村村头的这棵大椿，对我来说是个谜，很多年来，我都叫不出它的名字，它成了我眼皮底下熟悉的陌生人。

美岭是母校秀峰中学的所在地。从大椿走小路到中学侧门，相距不过百米。二十世纪八十年代，我在秀峰就读时，每天都要和大椿打好几回照面，却不知它叫啥，甚至都没多看它一眼，也从不打听。在乡下，一棵没有大到让人瞠目结舌，也没有特别造型的树，是很容易被人忽略的。就像某块大石头，或某座普通的房子一般，让人熟视无睹，从不会引人关注。

从高处俯瞰，秀峰像个葫芦形的小盆地，美岭正好处在葫芦束腰处的小山丘上，一条公路横穿而过，路边土坡上的大椿成了一处最显眼的风景。印象中，大椿前方是一段百米长的斜坡，两旁是民居，坡底的右下方是旧糖厂改造的电影院，左边那排青砖石板屋是表兄们的家。顺着这排青砖石板屋，再上一斜坡就到粮站跟前，然后再迎来一段下斜坡，沿着下斜坡便可"哧溜"一下

来到坝圩集市。这条波浪起伏的公路，一波三折地写尽当年秀峰集镇的旧貌。

记得大椿跟前的大路两旁，当地村民开了两家食杂店，主卖咸碱粿和卷仔粿。如果没钱，还可以用大米去兑换，这简直是为我们这帮饥肠辘辘的寄宿生量身定制的点心店。那时，口袋里几乎没有零花钱，只能每周从家中多背两三斤大米来换粿吃。每天晚自习一结束，舍友们争先从箱子里匀出几把米来，成群结队地去吃点心。每到此时，这两家小店的生意便特别火爆，经常"生多粿少"。大家生怕扑空，争先从侧门抄小路，顺着大椿再一

拐，便冲进小店里。人一多，主人往往招呼不过来。等主人一一量过手中的大米，一些性子急的同学，趁主人进屋拿卤或拿东西的间隙，麻利地舀卤或切块粿来先尝尝，等主人赶来，他早就离开了。

当时正是通俗歌曲兴起的年代，随便一首港台歌曲都能在大街小巷刮起一阵风，传唱一年半载。一碗米粿下肚，饥饿得到暂时安抚，内心便又开始莫名躁动。返回宿舍的路上，大家高高低低地扯开嗓子唱。《我的中国心》《万里长城永不倒》《万水千山总是情》……一路唱回宿舍，有时到了宿舍还在唱。这时，好像只有唱歌才足以安抚萌动的青春，才能解恨似的。

这样来来回回在大椿跟前转悠了几年，我却对它一无所知。奇怪的是，在部队服役的那些年，每次闪过秀峰中学的情景时，除了那几排呈直角形布局的旧校舍，还总会伴随着路边那棵大椿的身影。

二十世纪末，秀峰进行了集镇改造，改造后的秀峰竟和记忆完全对不上号。从大椿跟前一直到圩底，那段一波三折的旧路，连同大路两旁的旧瓦房全都不见了，取而代之的是宽敞的街道，以及沿街两排整齐气派的新房子。所幸那棵大椿还在，但坡度降低，街道拓宽，大椿临街一侧的土坡被削直，多了一个两丈多高的休闲台子，感觉它更高了。然而，步履匆匆中，依然没有更多理会。

前阵子，我无意中得知这棵和我打了几十年照面的大树竟然是一棵香椿。当地人叫它大椿。一听是椿树，我一下来了精神。

不知为何，我竟一直以为椿树只生长在北方，没想到我们闽南也有。我从书籍中见过椿树的身影。椿树历来有"树王"之说。椿树又分香椿和臭椿，人们把可以在春天采叶芽儿来吃的叫香椿；而枝叶不好闻又不能吃的称为臭椿。臭椿也叫"樗"，常被认为是"恶木"。有关椿树的文字还真不少，庄子《逍遥游》中提及："上古有大椿者，以八千岁为春，八千岁为秋，此大年也。"意思是：上古有一种叫大椿的树，八千年为春，八千年为秋，这就是长寿。正因如此，许多地方在春节时还有摸椿的习俗。让小孩子摸椿树，绕树走几圈，嘴里念叨："椿树哥，椿树哥，你长根，我长梢，咱俩长得一般高。""椿树王，椿树王，你长高来我长长。"尽管各地"台词"不一，但都是祈求小孩子快快长高长大。

看来，我真是小瞧了路边这棵大椿。

端午节，我回秀峰，路过这棵大椿时，再也不敢怠慢，连忙走上前去端详。它足足比身旁的民居高出一大截，起码有六层楼高，差不多要两个大人才能抱住它的腰身。它的表皮有点像杉树皮，黄褐色，叶片细长。

面对村头这棵大椿，我想起它的老邻居——年逾八旬的游水晶大叔，他或许知道它的身世。果然，水晶大叔对这棵大椿的身世一清二楚。他说，这棵大椿是从另一棵倒下的大椿发芽长起来的，小时候还抱得拢它，现在他老了，大椿也整整又大了一圈。以此估算，这棵大椿至少也有一百多岁的树龄。而那棵倒下的大椿，比现在这棵大椿大得多，横躺在路边，树心被蛀空了。他常和小孩子们钻树洞、捉迷藏。那棵老树若还在，应该有五百岁以上的树龄。香椿在当地十分罕见，他断定这应该是游氏先人在此开基时种下的一棵大椿。

水晶大叔还告诉我，以前，这大椿发芽时，常有人采摘芽梢腌制起来，用于促消食，现在少有人摘了。其实，国人食椿习惯史书早有记载，汉代时就已流行大江南北。椿芽富有营养，有食疗作用，各地有不同的吃法，凉拌、炒蛋、酥炸皆可，据说能治外感风寒、风湿痹痛、胃痛、痢疾等症。其实，椿树不仅芽能吃，皮和根亦可入药。有关香椿入药的记载，比比皆是。以此看来，游氏先人在村头种下这棵香椿意义深远，可食可疗，还传承着习俗民风。

前人栽树，后人乘凉。秀峰村头这棵大椿就像一部无声的历史书，见证了游氏一脉在此分蘖开枝的悠悠岁月。

疏影横斜的紫荆花

　　初见紫荆花是在电视上。那是一个值得纪念的日子，我从一面鲜艳的旗帜上认识了它。它高高地飘在高处，飘在世界人民的心头，芬芳、灿烂。紫荆花就这样先入为主地印在了我的记忆深处。

　　自从河滨路改种香樟树以来，又有些年没看到紫荆花了，心里还怪想念的。前些日子，竟意外赶上一场紫荆花的盛会——一簇簇，红得发紫，在风中招手，赛过冬日的三角梅。越近看它越扎眼，大红大紫，轰轰烈烈地绽放，一点儿也不婉约，在这大片的林地上，即使只有一株紫荆花树，也会让空旷的林地一下子姹紫嫣红起来，那么艳，一团团，在我眼前燃烧，把我的眼睛看得发酸。冬日里，它们比阳光更灿烂。

　　印象中，紫荆花树是勤奋的花树。十年前，刚从部队转业回县城，河滨路上种满了紫荆花树，还有凤凰树、小叶榕、香樟等。这些都是常青树，它们几乎同时来到平和，分段站满平和的大街小巷，好像相互在进行一场比赛，人们目光就是最好的发令枪。果然，一年后，结果就看出来了，紫荆花树拔了头筹。其他树种似乎还没回过神来，小叶榕和香樟都像没走出疗养期，仅在枝头上长出稀疏的几根软软的枝条，凤凰树更显得娇嫩，而紫荆花树则不同，仅一年就全变了模样，它们不但根深叶茂，迎着冬日的阳光，还开满一树花朵。那一朵朵如小风车般的身影，疏影横斜地拦住路人的目光，它仿佛给冬日里的县城提前迎来了春天。

　　城市里的每一棵树似乎都有一串不凡的经历，背后都有一双巧手安排它们的命运。我感觉只有紫荆花树坦然面对，它没有时间叹息，也不会浪费一寸光阴，给它一个身位，它就高高兴兴地安身立命。几年后，河滨路成了最阴凉的去处，所有人都分得一丝夏日的清凉。生命就应该像紫荆花树，蓬勃得让人失去赞美的语言。

　　而眼前这几棵紫荆花树，它们都还是小树。它们肯定是刚来不久，只有碗口粗的身干，却一树浓荫。远远望去，每一棵紫荆

花树都有瀑布般的模样。从头到脚，绝无虚席，一棵树自身就是一片花的海洋。紫荆花是慷慨的花，犯不着含蓄，在生命的季节，该绽放时含蓄，那是在虚伪地虚度光阴。你看，那千万枝垂下的枝条，每根枝条上都结满花朵，还有一些待放的花骨朵，还有更小的花苞，它们有序地形成花的梯队，前仆后继。看来它们都做了长期打算，决不吝啬，它们要开满一个冬季，一直坚持到春暖花开的日子，那时它就该退场了。盛春，那时多热闹呀，像赶集似的，还差它一个吗？它只做雪中送炭之事，决不锦上添花。就冲这个，它有足够的理由被人尊敬。

所有的植物都不会去别的地方觅食，它们只有脚下的一片土地，贫瘠与肥沃是上天一瞬间给它们的命运。立地生根，抓住脚下的土地就成了一生的劳作，与左右邻居赛跑，与时间赛跑，一刻也不能停歇，植物王国里有永远不被我们了解的秘密。为长成树，它们在我们看不见的泥土里，为每一寸土地展开殊死争夺。谁抢占的地盘大，谁就拥有更好的收成；谁的根扎得深，谁就站得更稳当。为了成长，植物付出了它们一生的辛劳。这几棵紫荆花树是这场生命赛跑里的佼佼者。我们从它们茂密的样子就能看出来，短短几年工夫，它们就占满了自己脚下的每一寸土地，浓密得令人窒息。有紫荆花树的地方，我从未看到其他林木插足其间。每一棵树的形状都是它最后的收成，是它一生的结局。

汹涌澎湃的蜜柚花

那天傍晚，沿着牛头溪漫步，迎面一阵风吹来，我整个人就陷入一股浓香包围之中，无处可逃。这看不见的分子，再次准确地袭击了这个季节。

这浓香如此熟悉，一下唤醒旧年的记忆。印象中似乎年年如此，总在某天街头漫步时，脚步匆忙中，突然被一股味道击中，就知道是蜜柚花开了，感觉冷不丁被季节撞了一下腰。

柚花的香气如此霸道，如此撩人，熏得人心神摇曳。这团香气肆无忌惮地漫延开来，就像越来越稠的浓雾，铺天盖地地席卷而来，冲击着每一个人的嗅觉，从山上到山下，从田间地头到街头巷尾……它占据春天的每一个角落。

岂止柚花？春天原本就是一场花事。李花、桃花、梨花，立春一到，它们便迫不及待地跃上枝头，来不及长一片叶子，简直是赤膊上阵，开得轰轰烈烈，如此慷慨，如此奔放，一出手便是一树芬芳，仿佛下了一场雪。其实，立春一到，所有的花花草草都冷不丁地冒出来，你方唱罢我登场，就像一场约定的集会——红的、黄的、白的、粉的、紫的，靓丽色彩成倍涌出，大地魔术般地变换颜色。植物使出浑身解数向春天献礼，开花成了一场宿

命的约会。

　　但这些开得一树潋滟的花儿，似乎准备不足，它们模样鲜艳，却少了香气，好像忘带了宝贝似的，只能看，不能闻。

　　让人惊讶的是，令所有人迷醉的柚花却如此不起眼，它甚至比含笑还要小，但它有如此能量，散发的香气是如此馥郁、悠远。什么都阻挡不了，这香气如一团又一团跳动的火焰，一下又一下地冲撞你的神经。一朵柚花足以香熏满室，这漫山遍野、绵延两千多平方公里的柚花持续盛开，春天在这场盛大的花事中汹涌澎湃。

柚花的香气是如此独特，浓得如一团化不开的墨，所到之处，连空气都变得黏稠。那团香气经久不散，只要撞上了，便成了挥之不去的影子一般。浓郁中还蕴含一丝柑橘苦味，经它一冲撞，心神一振，方觉得春困已去。再有一阵风来，这股浓香变得更加狂野，随风扑去，它覆盖了一切味道，沿途闻不到其他任何花香。在平和柚花季节，连空气都带上一丝丝柑橘苦的浓香，柚花篡改了空气的味道。

这味道就像咒语，成群蜂蝶闻香而来，成了它的俘虏，成了它的义工，成了基因的桥。没有谁能抵挡植物的慷慨，那份甜蜜成了永生的瘾。在这香浓翻涌中，那小小的翅，如那若隐若现的帆，隐没于波浪间。万千的翅来回奔波，春天似乎成了另外一个收获的季节，一下变得喧腾起来。

花朵和果实都是泥土的密码。花香，这无形的触手，让季节有了寻找的秘径。在这份甜蜜的劳作中，我分明看见了那永恒的契约。

山茶油

　　那年，母亲送我小半瓶老茶油，那是母亲将从山上采来的野生山茶籽晒干后，请人榨出来的山茶油。那是一个绿色的塑料瓶，瓶口还用白色塑料袋封口拧住，瓶身上下油乎乎、脏兮兮的，我压根不想要它，母亲却很珍视，坚持要送给我。我不好拂了她的好意，便带回来，随手把它搁在橱柜的角落里，随之忘得干净。

　　前阵子，小宝常在半夜哭闹，而且闹得厉害，连住在后幢的小姐妹都听见了。小姐妹学医，她说，初生婴儿夜哭，往往是闹肚子害的，用山茶油在掌心搓热，绕脐周顺时针轻揉一会儿，可消腹胀带来的哭闹。这时，我们才想起母亲的那瓶老茶油，将信将疑地照小姐妹的话做，滴两滴在掌心，搓热，绕小宝脐周顺时针轻揉一会儿。神了，小宝竟不闹了，一会儿就甜甜睡去。

　　在拧上瓶盖时，我深嗅一下，一股浓香扑来，感觉精神一振，多纯正的山野草木气息啊！久违了。我熟悉这股山茶油的味道，小时候，每到深秋，我们都会上山采山茶籽，晒干、脱壳，然后拿到别人家蒸熟后，用棕衣裹紧榨油，五六斤茶籽才能榨上一斤油，这还得看山茶籽的成色。上等的山茶籽必须到高山上去采摘，而且又以上山崇和茶籽冈两地的山茶籽为好，其中又数这两地北坡的山茶籽最好。北坡并不比其他地方更肥沃，相反北坡山高坡陡，并且更加干旱；但北坡向阳，这里林木稀少，光照足。虽然这里的山油茶都长得不高，但充足的阳光，让北坡结出的每一颗山茶籽都特别光亮，颗颗金黄饱满，茶籽显得更压手。从这里采收的油茶籽皮薄、核大，榨出来的油也更加清香。因而，这里的山茶籽每年都让人争相采摘。一家老少翻山越岭，忙了几天，采集几箩筐山茶籽往

往也就榨那么几斤油，珍贵着呢，往往还舍不得用，只有女人坐月子，或赶上重要日子时，才舍得慷慨一回。据说山茶油富含一种人体必需又无法人工合成的亚麻酸，用山茶油炒鸡肉吃，日后头不晕、目不眩。山茶油还具有强效的护肤效果，婴儿的屁股有红疹之类的，轻轻一抹，隔日准好；再有，村里的老人常用点老茶油梳头，令头发更加乌黑油亮。奶奶活了九十多岁，一直都用茶油梳头，头发自然很好，也从未听她说有过头疼脑热之类的症状，或许也有山茶油的一分功效。

　　如今，已经少有人采集山茶籽榨油了，毕竟去一趟超市就什么都齐了。谁还费劲翻山越岭地去采茶籽，山茶油渐渐成了时代

的记忆。村前屋后的浅山几乎都开发成了果园，许多山地种上人工林，要采集野生山茶籽还真不容易，只能到远处的高山上去找，这野生的山茶油已是市面上的难寻之物，无论是超市还是路边摊叫卖的山茶油，其实更多的是人工茶油。然而，母亲没有忘记，她记得儿媳常闹头风痛。她觉得只要多用些山茶油，她儿媳的头风痛准会好。就冲这个，十多年前，腿脚不便的老母亲，背着家人到十里开外的深山里采山茶籽。也不知她花了多少工夫，才采收到一簸箕的山茶籽，晒干后，她请人榨了一小瓶山茶油回来。当时，一个亲戚寻上门来，山茶油给她匀去了小半瓶，母亲心疼得很，一直把剩下的小半瓶藏得紧紧的。那些年，每次回乡下，母亲都坚持要把那剩下的小半瓶山茶油让我捎走，并叮嘱我说，一定要用它好好地炒几次鸡肉给媳妇吃，好好治一下她的头风痛。而我总是摇摇手，拒绝了母亲的好意，从未把它放在心上。后来，实在纠缠不过，我才把这半瓶山茶油捎回来。临走前，母亲还叮嘱我说："千万别丢了它，实在不想用，把它拧紧放好，越陈越香，陈年老茶油有大用。"当时我不以为然，谁承想，这次竟派上了大用场。

　　后来，小宝几次闹肚子，多亏母亲的那瓶老茶油解了急。再后来，小宝几次长红疹，我们还用老茶油轻抹，隔日就全消了。小宝快满月时，小姐妹发现小宝脑门上有大片头皮屑，她说如果不及时处理，今后很难缠，最好用老茶油抹在头皮上，温水冲干净就全好了。我照她说的做，小宝的头皮屑一次也没复发。这野生老茶油藏着太多我未知的秘密。

办公桌上的绿洲

　　左边是绿萝，右边是仙人球，中间摆台电脑，它们恰到好处地把我藏在屏幕后。每天上班时，同事们都很难发现我。我觉得作为一个文字工作者，理应深埋在幕后。由此，我和这两盆盆景就成了同呼吸、共命运的朋友。

　　它们应该是我在那年换新办公桌和新电脑时买的。我历来对这些长满刺的草木充满恐惧，但同事们说新桌子有甲醛，电脑有辐射，绿萝能吸甲醛，仙人球上的针刺就像放电刷一样可以缓解辐射。谁和健康过不去？我赶紧买回一盆绿萝和一株仙人球，一左一右地摆在小音响上，充当我的健康守护神。

　　刚买来时，我还有些不适应。我喜欢简洁的生活，并不喜欢把办公桌装扮得花红柳绿。你看这仙人球，一个乳白色的小瓷盘上托着一个小盆，一株拳头般大小的仙人球立在上面，毛森森的针刺伸向四面八方，威风凛凛，像个将军。它只占据角落的小小空间，过些日子，我就习以为常了。更令人惊喜的是，个把月后，那盆绿萝竟变了模样，这喜阴的常绿藤本，很快抽出新芽，它的藤茎向四周蔓延，几乎是一天一个模样。面对眼前怯生生的嫩芽，我每天都能感受到它蓬勃的气息。很快，它覆盖了花盆，

覆盖了那台小音响，甚至旁边那摞书刊。格子般的办公桌一下有了生机，有了绿色的抚摸，视觉一下变得柔和起来，方寸之间，觉得天地大了起来。更重要的是，我喜欢安静，在十几个人的空间办公，举手投足都暴露在别人的目光之下，我十分不习惯，总觉得被监视一般。这下好了，有了这两个小盆景，我有了一道无形的帘幕，只要我坐在那里不出声，连科室里的同事都很难发现我，一些不熟悉的外人来时，便可省去许多招呼和客套，也省去许多打扰，心情自然平静许多。我可以一门心思地写稿，不必躲避别人的目光。

后来，我发现其他同事的桌面也养了一些小花草，多是绿萝、富贵竹之类的小盆景。他们用一些造型各异的花瓶装些水，把绿萝、富贵竹养在水里，眼前一下就多了一道风景。尤其是那些刚来的女同事，这些刚走出象牙塔的姑娘多了一些青春气息，她们的花草也别有风趣。她们从网上买来袖珍型的小东西，看上去感觉弱弱的，长着一副讨人疼惜的样子。这些被统称为"多肉植物"的"小不点"，叶片小小的，却肥嘟嘟的，简直像外星来的生物，然而这些正是年轻人喜欢的新鲜事物，自然也是他们生活中不可或缺的点缀。后来，单位也在科室几个角落里放上几盆花草，原本被电脑、空调充斥的大科室，出现了星星点点的绿意，日子一长，定将是一片"绿洲"。

可是好景不长，许多人一忙，就忘了及时照料办公桌上的花草。我几次发现小李的那瓶绿萝濒临渴死，小陈的富贵竹上爬满蚜虫，几位女生的多肉植物也陆续枯萎，连单位买来的那几盆花草也严重脱水，科室里刚出现的"绿洲"已陷入危机。我赶忙拎桶水来，往小李的绿萝瓶里续些水，给那些耷拉着脑袋的花草都狠狠地浇上一大盆水，还拿着小陈的富贵竹去冲洗一番，把蚜虫冲刷干净。很快，这些花花草草就都活过来了。过些时日，这些刚救活的花草又开始枯萎，我只得再次出手相救。我生怕哪天错过时机，它们相继死去。我提醒小张，偶尔留意一下身后的那盆绿萝，提醒科室的其他同事留意各自办公桌上的小生命。情况开始好转，大家的办公桌上又是一番绿意盎然的景象。可是，我依然替这些花草担心，若赶上国庆长假没人照料，它们能挺过来吗？果然，那年国庆假期，我从乡下回单位，一进门就发现美人蕉和富贵竹都耷拉着脑袋，我赶忙展开抢救。可是，另几位同事桌上的花草早已脱水多日，枝叶都已干枯，就是神仙也回天无力了。

　　科室的办公桌上又陷入一片凋零的景象，我生怕眼前的绿萝和仙人球也步其后尘。我提醒自己可别怠慢了它们。其实，它们远比我想象的坚韧。那株仙人球，不等它干透了，我从不浇水。多少年过去了，它依然苍翠、森然挺立。而那盆绿萝也是十天半个月才浇一次水，常年绿腾腾地欢长。倒是单位买来的美人蕉和富贵竹娇贵些，三五天不浇水准蔫了。我生怕它们营养不良，把它们的每一片落叶都拾回花盆里，保湿，还能让它们慢慢沤成肥；偶尔还收集一些肥料给它们施肥，甚至还给它们挪个位，让窗外的阳光均匀地照耀在每一片叶子上，避免它们成为永远长不大的"驼子"。办公桌上的那抹绿色，永远是我的"绿洲"。

多花勾儿茶

　　多花勾儿茶，这名字听起来陌生无比，文绉绉的，还带股学究味，但若说起童年时常玩的竹筒炮就再熟悉不过了，多花勾儿茶的果粒就是竹筒炮里的"子弹"，我们客家话称它为"逼爆"。

　　小时候，我们的玩具几乎都是自制的。每年清明一过，上山摘金银花或拾柴时，若遇上成串红得发紫的"逼爆"，就顺手折几串带回家。到家后，寻根小指粗的细竹子，裁下四五寸长的一截当炮筒，再削一根细长的、比炮筒短一厘米的小圆棍当撞针。为了方便操作，再砍一段竹节当手柄，把撞针的一头扎紧在竹节上，这样只要往炮筒里先填塞一颗"逼爆"推到底，再填塞一颗"逼爆"快速推送，利用空气压缩的原理，自然就把第一颗"逼爆"打出去了，而且还顺利地留住了第二颗"逼爆"挡在筒底。这就是我们小时候的竹筒炮，比现在店里的玩具枪有趣多了，村里十几个小伙伴在操场上一起打起仗来，那阵势相当大。

　　竹筒炮制作简单，操作简便，而且它的"子弹"来源也不止单一的"逼爆"，随便撕张纸，把它浸湿，再揉成小纸团，就是竹筒炮的"子弹"。而当时，纸张在乡下是珍贵的，在资讯不发达的年代，随便一张旧报纸都是神圣的，它一再被阅读，直至翻烂才作罢。家里能找到的除了作业簿就是课本。一些胆大的捣蛋鬼有时会撕作业簿，甚至撕课本来当竹筒炮的"子弹"，被大人发现后，后果也是不堪设想的，呵斥是最轻的，往往为一时痛快换来一顿皮肉之痛。久而久之，再也无人敢撕作业簿、课本来当"子弹"了。

其实，除了"逼爆"外，山上那些硬核的小颗粒野果都可当竹筒炮"子弹"打，比如赤楠、菝葜、酸藤子的果实，包括像藿香蓟这样有点黏性的叶片，摘下来，搓几下也是可以的。但真要玩得高兴，还是要"逼爆"才过瘾。这些只比麦粒稍大些的椭圆果实，硬核且饱满，装填速度快，推送起来手感好，打出去也有力度，玩起来利索，打起仗来才有冲杀的架势。

然而，"逼爆"本身却从不喧嚣。多花勾儿茶还给人特别安静的感觉。藤蔓不管人家死活也要踩到别人头上去，荆棘也总是一副张牙舞爪的样子，甚至连茅草和芒萁都很张扬，都是铺天盖地地铺排开来。而多花勾儿茶既不拉帮，也不结派，一株、两株零星分布，它总是静静地躲在山坡或沟谷的林地边缘，和灌木、茅草、荆棘都能当邻居。稀疏的枝条加上那小小的椭圆形叶片一点儿也不招摇，连它的花儿都开得那么细碎，就像一个无求之人，只要有处扎根，日子便安好、轻盈、从容、安静。若不是那一大串一大串，色泽金黄如玛瑙、黑紫发亮如珍珠的果实，几乎很难让人注意到它的存在。而一年当中，果实成熟的日子也就那么几天，它也就那么轻微地显摆一下，好像它刻意充当一个补缺补漏的角色，把自己藏在草木间似的。总被忽略，却依然存在。

这才是世上最佳的配角。

此外，这种鼠李科勾儿茶属植物，从头到脚都给人特别干净的感觉。多花勾儿茶，它的枝干为黄绿色，枝干连同叶片都光滑无毛，看上去特别光亮。它的叶子脉络分明，阳光下，叶片还有些透明，给人一种特别单薄的感觉。它那干净、看上去有些透明

的嫩叶还可代茶饮，还赢得"茶"的美称。不像其他很多花花草草，不是刺就是毛，甚至还像锯子般会割人。而且，这种介于藤蔓和灌木间的植物，特别坚韧。它还有"扁担藤""金刚藤"的美称，枝干常被用作牛鼻圈。

听大哥说，近年多花勾儿茶开始在乡下走俏，据说用它的根

入药，有祛风除湿、散瘀消肿和止痛等诸多功效。乡下人用它泡酒，试着治腰椎间盘突出，大哥说姨妈就是吃这药酒把腰椎间盘治好的。这话未必全对，我怀疑姨妈除了腰椎间盘突出，可能还伴有风湿肿痛，乡下的许多偏方很大程度上是对人下药，往往有运气成分，却也并非全无道理。偏方是有待进一步验证的处方，山上的每一抹绿色也都是有待认知的秘方，或许在某一天，它们将是大众的健康卫士。

然而，最让人喜欢的还是它的果实，这些金黄甚至紫黑的"逼爆"就像一把发令枪，瞬间激活蛰伏在心里的游戏界面，童年温馨的场景即时回放。

藤　王

　　眼前这根和房梁一般粗的藤蔓让人吃惊，它盘绕的身躯如虬龙飞舞般横跨在山谷间，让人一时疑为幻象。

　　藤是蔓生植物，柔软、细长。平时见到的藤蔓，最多也不过手腕般粗。而眼前这根巨藤，乍一看，竟以为是伏卧在山谷间的一棵大树。只有走上前去，顺着它筋骨毕露的躯干，一路寻向它跃入林梢的身影，才能确认它的确是一根藤。然而，也只能看清它横跨山谷间的一截身段而已，根本见不到它飞腾盘绕在树冠之上的庞大身躯。一根柔软的藤长大到你的经验之外，真是太惊悚了。难道成精了？那它要历经多少历练，才有如此正果？

　　藤好比动物世界的软体动物，总是攀附在别人身上，或互相纠缠成一团乱麻。给人感觉藤只在乎长长，并不在乎长大；只在乎怎么舒服怎么长，却从不在乎自己的形象，它甚至都懒得把自己捋直。藤真是个"任性"的家伙。人们评判一根藤也是如此，人们总是以长短来评判藤体量，很少关注藤茎本身的大小，更少关注一根藤的长相。这些散漫随性的家伙，给人感觉总是特别"细瘦"，以致平日里见到藤蔓时，总是感情复杂，在野外捆柴火、扎东西时，很容易想到抽根藤来用；或知道某种藤能治病，挖来当药用。除此之外，人们见它如见荆棘一般，总觉得这东西磕磕绊绊，还是绕开为好。藤给人感觉是无用的东西，是可有可无的东西。见到眼前这根巨藤，所有印象都随之颠覆。

若把山上的植物从低等到高等排队，那应该是：苔、草、灌木、藤、树。藤不是绿色王国里的少数民族，更不是弱者，从地表到草丛灌木，再到高大树冠层，都有藤的身影。藤是绿色宝库中不可或缺的一员。

放眼四周，整座山头除了森然耸立的椎树林，就是遍布林间的森森古藤，除了眼前这根巨藤，碗口粗甚至手臂粗的藤蔓随处可见。它们纵横交错，往来穿梭于高大的林木间。再反观这遮天蔽日的地面上，除了喜阴的苔藓，还有稀疏的小树苗和藤条，以及厚厚的落叶。在深山密林中，连顽强的茅草和芒萁，还有那些

常见的灌木都一一臣服、逃遁。然而，这些看似柔弱的藤蔓，却丝毫不输给这些高大的椎树，它们遇强则强，连眼前这连片的椎树林都奈何不了这些藤蔓。不管眼前这些高大的椎树有多强大，它们长长的触须就像灵敏的弹簧，只要一碰到某根枝条就牢牢抓住，藤蔓柔软的身段随之而至，如巨蟒缠住猎物一般，迅速锁住眼前这个目标，一路盘旋而上。前进中的藤蔓心无旁骛，它几乎连叶子都来不及生长，就一路攀爬，几乎赤膊上阵。它必须以最快的速度完成攀爬，丛林中没有谁同情弱者。藤蔓无所畏惧，它只有一个信念，所有抓住的目标，都是它们攀登的云梯。不管攀向树冠的过程有多艰辛，藤蔓最终都将爬上林木的顶端，然后昂起它高傲的头颅，去迎接每天的阳光和雨露，在树冠层上开花结果，而决不蜷缩在阴暗的地面变成一棵阴性的植物。参天大树上也有藤的身影，无论对手多高多强，它始终占有一席之地。

丛林中，每一棵毅然挺立的身躯都是幸运的成功者。然而，万物的成功都不是单纯靠自己，除了运气，有时是对手，是那个强有力的竞争者的反向助推促成了你的成功。对手决定了你强大与否。正因如此，有这些藤蔓作为强悍的对手，就像鹿群身边有了狼群一样，反而让这片椎树林更加挺拔、高大。在茂密的原始丛林中，除了一棵棵巨人般的参天古树，相伴左右的必有傲骨嶙峋的古藤。它们相生相克，遵循着古老的丛林法则，保留了更多强大的基因，让物种健康繁衍。若把这片森林看作强健的肌体，这漫山藤蔓就是发达的血管。大树和古藤共同汇聚出了这片绿色的海。

　　深山老林中，若没有眼前这些无序的秋千般的古藤相伴，那就不是健康完整的生态林。人工经济林，总是有一部分被选择性地保护下来，还有大量的顽强的竞争者被选择性地淘汰，这样的经济林，它天生就有基因缺陷。而一个不受破坏的原始生态林中，往往能代表这张绿色名片的恰恰不是那些高颜值的高大林木，反而是长相平常的桫椤，甚至是这些相貌古怪的藤萝，它们身上有着更远古的基因，让我们看见亘古以前的样子。

　　往常，磕磕绊绊的藤蔓都会无辜地被清除，当年发现这根巨藤后，所有人都愕然歇手。香藤？鸡血藤？莫衷一是。但有人断言，这根巨藤的藤龄超出这片森林中任何一棵大树的年轮。眼前这些参天椎树，最老的也不过三百年，而这根巨藤可能超五百年。它可能是这片绿色海洋中最古老的土著，甚至可能是一种濒危的珍稀物种，最起码也是一根和古树名木一样亟待保护的藤王。

多　泥

　　"七月七，多泥青吉吉；七月半，多泥乌一半；八月半，多泥乌变粄；九月九，多泥可做酒……"

　　小时候最让人惦记的山果当属多泥，不光我们小孩惦记，全村男女老幼都惦记，应该说是世世代代都惦记，所以才有这首代代传唱的童谣。

　　多泥就是桃金娘，其貌不扬，是长在山野间的一丛丛小灌木。多泥在不同的地方有不同的称呼，山菍、多莲、乌肚子、当泥……有几十种之多。当然，别称越多，也说明它受欢迎的程度越高。在闽南，桃金娘这种科属灌木漫山遍野都是，而且越是瘠薄的浅山、越是靠近村庄四周的山野，长得越稠密。其实也不奇怪，以前村庄四周山野，常年有人上山放牧、砍柴、割草，这里林木稀疏，且相对低矮，正适合身材并不高大的多泥生长。深山密林是巨人们的竞技场，并不适合低矮的灌木。

　　多泥不像梨和桃，也不像柿子和蜜柚这些水果集中开花授粉，同时成熟。多泥的花期长，几乎每年谷雨时节便开花，直到盛夏花期未了。多泥花开五瓣，很是周正好看，花朵盛开，从花萼中露出一大丛的花蕊，就像许多细细的触角一样，在风中摇曳。多泥花颜色多样，紫色、粉红、粉白，在多泥的花期里，东一丛、西一簇的多泥花开得甚是好看。不仅在盛开时，其实多泥的花骨朵就很有模样，像一颗颗很紧实的布纽扣，从芽胚到花骨朵，纹理清晰，模样可爱，细数一株多泥上的花儿，从花苞到花朵，就像一组慢镜头，展示花儿的不同瞬间，连接起来就是一朵多泥花生长的全过程。

多泥花一开，我们就开始惦念着。这些遍布村庄四周的多泥，就像长在唇边的野果。看着它们，就像翻日历一样；细数采摘的日子，就像等待某个节日一样。期待的日子就像车轮一样匀速地转着，等多泥花期结束，就迎来了夏收；再等夏收一结束，就日渐进入多泥的成熟季。每年夏季，农忙一过，正是乡亲们缓口气的时候。这时，乡下的农活也换季了，经过夏季一个多月的农忙，原来顾不上打理的菜园子日渐撂荒，家中的柴火也烧得差不多了，大人们开始从繁忙的农活转向打理菜园子，忙着上山拾柴。

时光打个转儿，就到秋季入学时。乡下的孩子心野，总是人在课堂，心在山梁，老想着课堂外有趣的事情。这时他们最牵挂的自然是漫山遍野、乌黑发亮的多泥。往往还没到周末，大家就开始召集小伙伴，提前从犄角旮旯里找出尘封的竹篓子洗干净，一到周六上午放学，大家就飞奔回家，书包一丢，吃碗剩饭胡乱填下肚子，或抓上几根地瓜边走边啃，便往山上跑。

大家都熟知哪座山头的多泥最多，从不绕弯路。从我们上端村，到肥猪下槽那座山冈，再往坪篥，然后绕回瓦窑窠或从赤泥

岭回来，这几座山头的多泥长得最稠、最密，是我们年年光顾摘多泥的最佳路线。一到山上，大家各自散开，从山脚到山冈再到山顶，再从山顶往山脚，沿着一丛丛多泥丛，拉网前进。山冈上，一整片一整片的多泥丛中，一颗颗圆溜溜、黑得发紫的多泥就是无声的邀请。这些乌黑发亮的多泥就像一颗颗黑珍珠，挂在枝叶间飘摇欲坠，仿佛就等一对对发亮的眼睛与一双双灵活的巧手及时到来。仿佛一年的等待、一年的辛劳，都为了此刻的重逢，轻轻一碰便落入掌心。此时，仿佛

整座山冈都成了多泥果园，成了我们采集的乐园。

　　每颗多泥底部都留有花萼褪去的五个小叶片，就像一个微型的壶，很卡通的造型。果实越饱满，这叶片越显小得不成比例，却很方便用手捏着。这时，捏着小叶片再轻轻一挤，从树上摘下来的那个小眼儿便会爆裂开来，多泥那蓝莓果冻般的原浆便会溢出来，还有多泥中间那根乳白色的小芯也跟着溢出来。去掉白芯，用贪婪的小嘴一嘬，一股幸福感便从心底涌上来。每看见一颗熟透的多泥，都是一阵欣喜，大家边摘边尝，幸福成倍增长。从每一丛多泥，再到每一座山梁，多泥铺出一条幸福的大道，顺着这条大道，大伙儿在山上越走越远，多泥也越摘越多，大家沉浸在丰收的季节里。尝够了多泥，也装满了竹篓，再迎着霞光，大家一起唱多泥的童谣回家："七月七，多泥青吉吉；七月半，多泥乌一半；八月半，多泥乌变粄；九月九，多泥可做酒……"

　　多泥直接吃最爽口，也有人用这种酸甜适宜的野果来酿酒。虽没尝过，但我相信，这和葡萄一样甜的多泥酿出来的酒也一定好喝。这一竹篓的多泥足够全家人分享一阵子，有些人甚至拿到集市上卖，还有些人用来泡酒。而我们多是用来解馋，用来慰藉辘辘饥肠。金色的童年，因为有多泥相伴而变得流光溢彩。这些长在山上的鲜果，成了童年最好的礼物，烙在心上，成了永恒的记忆。

盐肤木

那年，我在自考途中歇息时，见到路边一颗野果很诱人。那是一种比粽子果还要小的野果，大小和薏米相差无几，一大串一大串地压在枝头上，密密麻麻的颗粒上像覆盖了一层白白的霜。看到这层"霜"，大家纷纷摘下来品尝一番，一入口，除了酸，特别咸，有股咸梅般的味道，提神、醒脑，还不晕车。一时间，大家欢呼雀跃。

我们这帮乡下人，大家都特别熟悉这种野果，但由于方言阻隔，我们却叫不出它的大名，更不要说写出它的名字了。同伴们大多报考汉语言文学专业，这专业听起来颇有一股"秀才味"，竟然没有一个人能用普通话叫出它的正名，很是气馁，干脆用客家话音译，叫它"盐皮泼"。

"盐皮泼"长得很随性，也不挑肥拣瘦，沟坝、滩涂、坡地，不管贫瘠还是肥沃，乡野间，只要是向阳处，就随处可见它的身影。"盐皮泼"胃口虽好，个头却不高，枝枝蔓蔓特别多，一副蓬头垢面的样子，看起来像灌木。初看"盐皮泼"长得有点像漆树，不仔细分辨很容易混淆。但细看之下，差别就大了。漆树的叶子比较细长，叶面光滑如镜。而"盐皮泼"的叶子，就像

在一柄长长的芭蕉叶上修剪出七八对带锯齿状的叶子，纹理清晰可见，有点像桑叶。这种树木质地不硬，中间还有个中空的树心。这树心用专业术语称"木髓"，木质软的灌木最常见，在乡下常被砍来当柴烧。就这么普通的"盐皮泼"，它却结出世上最咸的果实。听长辈说，缺盐时，它就是最佳的替代品。而让我们惦念的也是它这咸梅般的味道。

　　童年的乡野，山上长年都有熟透的野果挂在枝头。这些是我们唾手可得的免费零食。"三月李来四月桃，五月上山摘杨梅；六月七月梨儿烂，八月多泥黑灿灿；九月露，柿子红嘟嘟；十月霜，白茫茫，山上野果都掉光。"其实到十月霜降后，大部分野果落光，但也有一些经霜的果实刚进入成熟期，就像这"盐皮泼"，它正要隆重登场，必须到霜降时成熟，才会由涩转咸，好

像它的咸味是冻出来的似的，霜降好比它出炉前的最后一次淬火。

山上的野果非常多，有许多至今都叫不出它们的名字。小时候到田里放鸭，或到山上放牛时，总会见缝插针地到山上野一阵子。更多的时候是嘴馋，到山上摘些野果打牙祭。长在地面上的地菍，长在藤刺上的野莓，长在树上的板栗、椎果、枇杷……只要是熟知的野果都在我们的采集范围。特别是像多泥那样长在灌木上的浆果，更是我们关注的重点。我们熟知村庄周边山林上的绝大多数野果，知道它们什么时候开花，什么时候结果，什么时候成熟，甚至知道它们分布在哪座山头的某处坡地上，从不会错过与它们邀约的日子。

像杨梅、椎子、板栗这些野果要费些功夫，但带来的收获能和全家分享，甚至可以卖，为家里创收，我们往往是结伴专程去采摘。像地菍、野莓，还有"盐皮泼"这些小东西，只是我们童年顺路遇上的"伴手礼"，也就解馋而已。实在摘不到野果时，有时连那浑身是刺的山樱子都会摘来尝尝，只要刮去它表皮的刺，剥开，再洗去果囊里的果核和针毛，就能生吃。有些野果除了果实，连它的嫩芽，甚至叶子都能吃。有些野果像地瓜一样是长在土里的，若遇上了野葛和怀山药，那绝对是意外收获，往往一挖就能挖几箩筐，够全家果腹好些时日。当然挖葛和挖怀山药都是体力活，往往是大人们的事，我们小孩子还是志在摘野果解馋。酸甜苦涩咸，山上野果什么样的味道都被我们尝个遍。那时，山里的孩子普遍缺营养，其实缺的是脂肪、热量与高蛋白的摄入，从不缺各种维生素。童年，正是这些不计其数的野果维持了我们身体里原本匮乏的各种维生素，而且都是最天然的水果。在温饱之外去采摘野果，我们也在无意中体验着充满游戏般快乐的原始采集生活。

童年的野果滋养了我，但随着年岁渐长，许多野果渐渐退出记忆库。但总有一些野果深入骨髓，成了永恒的记忆。而这些入心入脑的野果中，"盐皮泼"绝对上榜。它那独特的咸梅般的味道，无比霸道，成了童年记忆中最另类的野果。

前阵子，我在乡下见到一位老中医专门挖掘"盐皮泼"制药，觉得十分好奇，向他讨教后才明白，他说"盐皮泼"是一味中药材，全身都是宝，在清热解毒、散瘀止血、头疼脑热、支气管炎等诸多方面都有显著疗效。天哪！听了这位老中医的介绍，我才知道原来我们童年把它当野果打牙祭，其实是间接吃药。我无法一一考证童年时吃过的其他野果是哪一味良药，但对绿色食品是健康卫士这一观点深信不疑。

那天，老中医还告诉我，"盐皮泼"的正名叫"盐肤木"。回家上网一查，我才知道，因为盐肤木的胃口太好，吃得太咸，像人流汗一样，把难以消化的盐碱排出体外，体表就留下了一层盐霜。

赤　楠

　　每次路过花市，我总会想起小时候在山上常遇到的那绿意葱葱的赤楠。它长得多精神，每一丛都是一盆天然的盆景。

　　赤楠，我们称它为"子鳞籽"，山上随处可见，东一丛、西一簇，一年四季绿意盎然。每次遇上，感觉它有无穷的力量在向上蹿，我总也看不够。小时候上山拾柴时，每次看到赤楠，就像碰上老熟人，总要上前和它磨蹭一会儿，摸摸它的枝叶，再看看是否有那乌黑的小果实可以打牙祭，然后才慢慢走开。

　　赤楠的叶片细碎，但很细密，看起来就像鳞片一般，总是成对地密密排列在枝条上。枝干呈赤褐色，树皮也像鳞片一样，很有沧桑感，加上它一头绿蓬蓬的枝叶，很像童颜老叟。这么有美感的赤楠，结出来的果实也令人赏心悦目。虽然它只有一颗黄豆般大小，但它长得一点儿也不苟且，有板有眼的，颗颗滚圆，像极了微型的石榴。成熟后，果实呈深蓝色，视觉上更接近乌黑色，像蓝宝石般亮晶晶的，看见就想摘来尝尝。小时候常摘乌黑的赤楠果来吃，虽然核大皮薄，没什么嚼头，但那味道酸甜参半，用于解馋还是不错的。

　　赤楠也叫"山乌珠"。山乌珠译成客家话，就是"乌黑的珍珠"。吃乌黑的赤楠常被"染嘴",几颗下肚后,从嘴唇到牙齿再到舌头,满嘴深蓝。就像吃了蓝莓后留下的染色体,但谁也不会在意,包括桃金娘、地菍、野莓,山上许多野果熟透后都蓝得发黑,一旦入口就会染蓝你那贪婪的舌头。

小时候,水果可以算是生活中很陌生的词语。细想一下,童年的我们真不缺水果,山上的赤楠、菝葜、盐肤木、多泥、野莓、地菍……四季野果填饱了我们的辘辘饥肠,我们吃到了世上最鲜美的纯天然水果。也正是这些酸甜苦辣咸的野果,让我们认识了五花八门的植物,包括许许多多日常生活中常遇到的植物,苦瓜、丝瓜、枇杷……无不如此。只要记住它的果实,便记住了这个物种本身。

以前在山上看到赤楠总是长在灌木丛中,一副永远也长不大的样子,以至于认为它只有灌木。后来在灵通山景区的原始森林中,看到一棵有盘口粗、六七丈高的赤楠,这才知道,原来它也有乔木,是一棵需要耐心等待的乔木。冷静一想就不觉得奇怪了,纷繁的世界,经验有时并不可靠。只要不被打扰,或许一棵草都能长得出乎你的意料。

生活中,很多东西只有相似却没有相同。仔细打量赤楠,发现它多像一棵袖珍版的红榕,叶片、枝条、树干,甚至它们的树皮和颜色都像同一型款的大小号,是否可以说赤楠就是一棵慢性子的红榕,一棵长得细细小小的红榕?然而,它虽有红榕的生机,却没有它那般野,安静得令人心疼。

我喜欢赤楠的静态之静,它不像梧桐、木棉、枫树这些高大

乔木，它们太过喧腾、太过生猛、太过霸道，一拉开架势，就把自己长成一副天王老子的模样，与它们对视时，常有压迫感。赤楠则完全相反，即使一棵赤楠同时散开千万枝叶，你能感受到它旺健的生机，却不会觉得它闹，就连开花结果这样的大事，它也是悄无声息地进行的。它绿腾腾的背后，总给人安静的力量。在成片的大树下，它是一棵安静的树；在灌木丛中，它是一丛优雅的灌木；在葱茏的山坡上，它是一处绿茸茸的风景。

　　和许多名贵硬木一样，慢性子的赤楠看似柔，却不弱，它的枝干既坚且韧，木质清红，乡下人喜欢挑赤楠当家什，但凡有点形状的赤楠，都会被用作石磨转芯、推把、刀把、面杖、杠子……不仅如此，木质坚硬、纹理细腻的赤楠更是根雕的好材料。枝丫横生、根须粗壮的赤楠，天生就是"雕塑家"，无须多费功夫，看准了，三五刀下去就能成形，往往还有天成般的艺术效果。

　　然而，根雕是凝固的符号，只可被解读，却不会再改变，这对赤楠是残酷的。赤楠这么优雅的造型更适合当盆景。密枝、细叶，虬枝飞舞，加上常年绿意喧腾，和它凝神对视片刻，便能安静下来。在快节奏的日常中，多需要这种柔和却有生机的色调，来稀释闹哄哄的生活带来的躁气，把它摆在客厅、书房，既雅又有生机。野外，所有新抽的芽叶都呈淡黄色，明显有别于老枝叶的深绿色。赤楠的新枝叶除了淡黄色，芽芯上还呈浅红色，就像一簇簇火焰，一蹿一蹿的，恍惚中，映照了心头的一方山水。

　　一棵赤楠，无论在闹市或陋室，都是一方清幽的山水。

牡　荆

很多年来，我都叫不出它的名字，一种从小与它打交道的东西，就因方言的差别，我无法把它准确地翻译成文字，但它始终烙在我心灵深处，神仙也无法剥离——牡荆。

牡荆，客家方言叫"补荆子"。其实客家话保留了大量唐宋中原古音古韵，被称为古代汉语的"活化石"。然而，没有文字的方言，不可能准确地表达它原本的意思。"牡荆"和"补荆"二词在客家话中音相近，我怀疑它原本就叫"牡荆"，"子"字相当于客家话的尾音，如普通话的儿化音，并不表达具体意思。客家先民从中原一步步走向南方的千山万水时，生活中许多日常事物叫着叫着，就日渐忘了它的书写，只能凭声音来区分物与物的不同。或许正因如此，童年再熟悉不过的"补荆子"，竟成了我需要刻意寻找，才能复原的精神原乡之"原件"。

牡荆在乡下随处可见，它甚至比盐肤木还不挑，山南山北，沟渠滩涂，到处都有它的身影。牡荆应属于灌木，叶片细长，边缘呈锯齿状。枝干呈浅黄色，树干中间也有一个树心。木质不硬，但特别韧，拧一拧可以当藤蔓来捆柴。牡荆总是成丛成片地扎堆生长，叶柄上长出三五片叶子，成复数出现，乡下人常说的分三叉或五叉，据说还有分七叉的叶子，但极为罕见。

印象中，河边的草铺长着成片牡荆，多得好似人工栽培似的。每年三四月到河边放牛时，草铺成片的牡荆长得绿蓬蓬的，新长的枝叶鲜嫩鲜嫩的，每片叶子似乎都蕴含着一个无声的欢腾，那是一股看得见的生长力量，令人心情欢畅。但牡荆有一股很浓的味道，这味道有点像樟脑，似乎还要浓郁一些，还带有一股特殊的香味。随意摘几片叶子在手上搓几下，这味道便扑鼻而来，闻起来特别醒脑，而且驱蚊。但牛拒绝这个味道，它从不搭理牡荆，这让成片的牡荆少了一个天敌。

然而，在乡下常用牡荆来烧碱。记得每年端午或重阳前，几乎每家每户都会砍上十担八担的牡荆回来，晒干后放在石头埕上

烧。晒干的牡荆如干草一般，那一大堆牡荆烧起来，如一堆盛大的篝火，一群小伙伴围着它蹦呀跳呀，玩老鹰抓小鸡、捉迷藏、跳房子……火光烛天的背后，孩子们总是提前上演节日的舞蹈。

待次日再看昨晚这堆篝火，这堆小山一般高的牡荆，最后都化成了少得可怜的一小堆灰烬。这时，母亲总会很小心地把它装进一个陶瓮里封起来。过些日子，只见她挑着一担糯谷去碾米回来，节日的脚步就临近了。这时，就到了牡荆灰大显身手的时候，母亲总会抓一大把牡荆灰放在沙铝锅里，再泡上开水，待其沉淀后，滤出干净的碱水。碱水呈金黄色，让它和糯米一起浸泡一夜，乳白色的糯米就都变成金黄色，非常通透好看。用它包粽

子，或用它磨浆蒸粄，别有一番风味。乡下人的碱粽和碱粄都是用草木灰碱做成的，这味道才显得纯正。如今的食用碱都在商场里，这草木灰碱渐成记忆。碱粽和碱粄也不是原来的味道了。

牡荆除了烧碱，它还能酿油。大概是小学三四年级时，突然来了一伙人，他们在店凹旧糖厂那里大量收购牡荆来酿油。一百斤大概能换一块钱，这在当时已经是不错的营生。那阵子，我几乎是没日没夜地砍牡荆，然后挑上它走到二三里外的旧糖厂卖给他们。那时个子小，一担也就卖个四五毛钱。但对从来没有零花钱的我们来说，已是一笔不小的收获。店凹是坪东和坪洞两地的小集市。记得正是柿子上市的季节，一个腌柿子大概是两毛钱。这样挑一担牡荆买一个柿子吃，还能剩几毛钱，当时觉得这买卖无比划算。高兴之余，便觉得有使不完的劲，一天就能砍三四担牡荆去卖。不过，这种好事往往只是一阵风，当时来钱的路子少，只要能换钱的活路，几乎都成了一场全民运动，几乎男女老幼都上阵，这样村前村后大片的牡荆，不过十几天工夫就被砍光了，在旧糖厂的露天操场上堆得比山还高。谁能想到，牡荆能酿油，能换钱。听大人说，酿成牡荆油，比黄金还贵。相比之下，那烧灰化碱简直是暴殄天物。但我依然想念那金黄色的碱粽和碱粄。

在乡下，除了烧碱，牡荆还有许多药用功效。最常见的是用它的根熬汤治头风，也有人用它的根或果来泡酒治耳聋，还有人用它的花熬汤治心虚惊悸。但它的用法也颇有讲究，乡下人执着认定罕见的东西往往有特效。叶子七叉的牡荆最难寻，它的根自

　　然是偏方的首选。就像街上叫卖的佛掌榕，佛掌榕的叶子也分叉，三叉五叉很常见，七叉则稀罕得多。叫卖者总会在一旁摆上几片七叉的叶子，以示纯正、金贵。

　　在缺医少药的年代，乡下几乎人人都是神农，他们手上几乎都有几个偏方，这些偏方未必科学，但试用的人多了，就有一些好的偏方得以世代相传。有时，也全靠这口口相传的偏方解决日常的头疼脑热。母亲曾有严重的风湿，每到秋冬，脚肿难行，但她从不抓药，总是用牡荆或艾叶熬一大锅热汤泡脚，泡到浑身发汗为止。时间一长，她的风湿竟慢慢好了。

恐龙的食物

艾　草

　　每次回城，我都大包小包地捎上一堆土特产——番薯、芋头、萝卜、葫芦和茄子；黄瓜、丝瓜、苦瓜、冬瓜和南瓜；豇豆、扁豆、荷兰豆、四季豆和鳊鲅豆；韭菜、苋菜、包菜、花菜和芹菜；油葱、洋葱、大蒜、生姜和辣椒……只要"老泰山"菜园里有的四季时鲜果蔬，都会及时地出现在我们的餐桌上。这些带着家乡泥土气息的果蔬，隔三岔五地充填了我们贪婪的胃肠。除了果蔬，最让我们惦念的还有一样宝贝——艾草。

　　在闽南，艾草是和我们生活贴得最近的一味草药。上次朋友来家里闲聊，直嚷喉咙冒烟、牙根浮肿。看朋友一脸热气蒸腾的样子，明显是多日户外作业引起上火所致。正巧家里有刚采的湿艾草，我忙煮了一大锅艾草汤让他喝下。他一回到市里就来电话说，火气全消，全好了。

　　艾草降火解暑也不是什么秘方。南方湿气重，一年中有半年以上被高温笼罩，一不小心就中暑、上火，常牙疼、耳鸣、四肢困乏。这时，抓把艾草熬一锅汤当茶饮，再静养半天就差不多了。艾草是平常之物，平日里，常用艾草和鸡、鸭、猪骨头、猪肉、猪小肠一块炖汤。如果没配料，清煮当茶饮也不错。

艾草是一味药，是一道汤，更是一道菜。

在闽南，惊蛰至春分，正是采集野菜的当季，也正是掐艾芯的最佳时节。这时艾草刚钻出泥面，芽叶都异常鲜嫩，若到清明则显得过时了。这时到村前屋后的田地里走一遭，个把钟头便掐得一篮脆嫩的艾芯回来。艾芯可是个好东西，芽尖般鲜嫩鲜嫩的，水煮、煎炒都是上品时鲜，最流行的是用它做清明粿。那翠绿的芽叶遇上乳白的糯米，经过浸泡、拍打、研磨，再由一双双巧手调和，最后在高温蒸汽中完成转化，最终整齐有序地排在米筛上。那小拳头般大的翠绿的

清明粿，带着浓郁的艾草清苦香味，远远看见都能搅动蛰伏的馋虫，感觉那香鲜的翠绿下，不仅埋藏了美食的密钥，还有春天漾动的波纹，以及闽南春野最深沉的主色调。

在我们家，艾芯还有一个特殊的用途——煮艾饭。客家人爱吃咸饭，煮一锅艾饭就是这个季节最应景的佳肴。记忆是一只蛰伏的蛹，几乎每年这个季节，我的心里就有一种牵挂似的，总想

回老家掐把艾芯回来，洗净切碎，在锅里轻炒几下，再和大米一块儿翻炒，焖熟。待热气一出，那特有清苦香味便会蹿出来，全家人即刻进入艾饭的节奏，家乡的气息与味蕾的记忆交织闪烁，一下勾起旧时记忆。吃艾饭，乡下人还认为有调气理脾、凉血、降压功效。而我们，似乎更惦记它的味道，似乎每年都要好好吃上一两顿艾饭，再炖几锅老家深山里的春笋，方觉得春天有点滋味。艾粿、艾饭、春笋，成了我们这帮城里的乡下人最惦记的家乡味。

过了清明，草木早已披上盛装。这时艾草已经有往昔身段了，只是艾叶已经显老，不宜当"菜"吃了，但连根拔起洗净后，便可拿回家熬汤。乡下人普遍认为，湿草性凉，干草则温和些。所以，用湿艾熬汤败火效果更佳，而用干艾熬汤滋阴温补。有的只取艾根，舍弃枝叶。还有讲究者，到松软的黄土中寻老艾。老艾如参，年份越长根须越旺。三年以上老艾，根须密如长髯，挖一棵根须就是一大把。用老艾炖汤，特别回甘。这类经验不甚了了，对我们，无论干湿、无论根茎和枝叶都好，四季常备不断。

艾草入药已有几千年历史。让我印象深刻的是，大宝出生前五六周，产检大夫和岳母都让妻子多煲艾汤喝，小宝出生前亦是，她们说，多喝艾汤婴儿更干净。后来才知晓艾草有安胎作用。不仅如此，乡下人普遍认为艾草有滋阴、补气、通经、活络、驱湿、止血等疗效。

在闽南，端午还有插艾草的习俗，家家户户将一束艾草、菖蒲插在门上，防蚊驱邪。近年盛行艾灸，用它除风拔湿，扶正祛邪，成为养生新贵。或许正因它如此综合，艾草的功用不断被挖掘出来，再也没有一种草，比艾草更深入民间，深入百姓日常生活中。

母亲不识字，连自己名字都认不出。但她一辈子相信身边的青草药，村野四周的绿植就是她的健康卫士。让她使唤最顺手的还是艾草。母亲相信艾草从叶到根，全棵是宝。她患有风湿，常用艾叶熬汤泡脚驱湿，还经常扎几棵艾草点燃，用来驱蚊虫。在母亲眼里，好像只要有艾草在场，百毒不侵，百病自消，艾草简直是一个"全科大夫"。

艾草在田间地头和房前屋后遍地都是。乡下的草如今都成了城里的宝，菜市到处都有人卖艾草。而我们每次回家，家人都会捎上一捆艾草，以备日常所需。这蓝色星球上，草木葱茏之中，谁说我们每天吃的菜它不是一味药呢？生活中一定还有许许多多我们未知的"艾草"。

益母草

她刚产下大宝时，大夫一出产房便开出两样极简的药，除了外用的高锰酸钾，还有几瓶口服的益母草膏。高锰酸钾自不用说，"益母草膏"这四个字特别晃眼，让我一下加深了对益母草的认识。

在老家，益母草就是专为坐月子而备的。谁家媳妇生孩子，都会提前备好益母草，一部分晒干，另一部分留在菜园里。待生孩子时，先到菜园子拔益母草，炖鸡、炖肉给产妇吃，助其活血；一周后再用晒干的益母草炖鸡、炖肉给产妇滋补身子。益母草成了月子必需品。

其实，早在产前几个月，岳母就备足了益母草，干湿两样，齐全得很。看岳母备下这么多益母草，我多少有些疑虑，在时代的过滤镜下，传统月子餐还有多少科学性？没想到，大夫还专门开了益母草膏，让她口服，这让我更加相信益母草对月子的作用。

在乡下，益母草和艾草一样遍地都有，并且益母草长得和艾草有些相似，需要仔细分辨才能认清。幼苗时的益母草，叶片很像是铜钱草的放大版，也像冬葵的小号版，叶片肥厚，有细毛。待其长高后，它的叶片就像伸开的手，叶齿细长细长的，如同抻开的手指，这和艾草叶片有些不同，艾草的嫩叶也是还没长出细长的齿，但它有更多的齿棱，能基本看出它长大后的影子，待叶片完全长成时，艾草的每个细齿上分三棱。其实，等其开花结果时，益母草多是一根主干往上长，它的花和果在枝干上一层层摞上去，像一串糖葫芦，这时的益母草有点像芝麻。而艾草枝丫较多，开起花就像满天星。再细分之下，连它们的枝干形状也有差别，益母草枝干呈方

形，这极为罕见；艾草枝干则是普通的圆柱形。

　　不仅如此，作为一味药草，艾草和益母草在生活中的使用手法也大相径庭。艾草广泛应用于日常，男女老少有病没病都能吃，它不仅能"治"，更多还被看作"防"，它几乎是日常一道汤和菜。而益母草则不同，它几乎是专用于月子，专为"母亲"

而生的一味药草，平时少见谁用它。

益母草最常用来炖肉、炖鸡给产妇吃。而我们客家人也最常用益母草炒鸡、炒肉给产妇吃，一些地方还加少许糯米酒，俗称炒鸡酒。以前，乡下人都喜欢用带把的砂锅炖鸡酒，这益母草炒鸡酒的味道特别香，放在炭炉上慢煨，随着炭炉上的小锅盖"扑哧扑哧"冒出热气，糯米酒与鸡肉在益母草的催化下，转化成一股浓郁而独特的鸡酒香，这股香有酒肉的醇厚，又有益母草那股清新的草木气息，这香气就像小火苗一般，一下就能把上辈子的馋虫给激活，隔三条街都能闻到。在乡下，谁家飘出鸡酒香，那准是喜事临门。换言之，谁家坐月子炒鸡酒了，全村人都闻到了，特别香。

以前，朋友顺的女人坐月子时，每餐鸡酒一炖好，他母亲就让顺端着一大碗饭，拎着一小砂锅鸡酒到楼上给他女人吃。顺每次走到屏风后的楼梯时，总是对着砂锅壶嘴"咕噜噜"地猛嘬几大口。他母亲一听见动静赶忙喝止："顺，你莫贪吃，这是给你儿的隔肚饭，你怎能和他抢饭吃？"但顺每次到屏风后都要"咕噜噜"地顺几口，他实在抵挡不住这鸡酒的诱惑。

在食物并不丰盛的年代，这鸡酒令人难以抗拒。然而，乡下人常说"肚腹随家风"。这"家风"说的是家底，过去管温饱就算好家底。以前，女人坐月子，若有充足的鸡酒吃上一整月，那就是上等殷实人家。一般人家坐月子时甚至连饭都吃不饱。母亲常回忆说，她生大姐时赶上大饥荒，每餐三四两米下锅，爸爸捞一碗干饭给她吃，锅里就剩照影的稀汤，她不忍心，常要悄悄拨些饭粒回锅里给我爸吃。那个月子，她只吃了六七颗煎鸡蛋，还有两只瘦公鸡用益母草炒鸡酒，匀着吃了半个多月，之后她就三餐和我爸一块啃萝卜干，喝稀粥。孩子要喂奶，大人饿得快，母亲天天饿得前胸贴后背。益母草炒鸡酒在母亲的年代就是幸福的代名词。益母草炒鸡酒，几乎是客家人世代血脉传承的记忆。世世代代的母亲们，用益母草炒鸡酒，调养虚弱的身子，哺育儿女。鸡酒那是献给母亲最温情的一道美食，更是值得书写并被记忆的一件事。

　　如今，女人坐月子啥都不缺，只要有胃口，山珍海味都有。但当下人讲究科学饮食。月子喝酒对婴儿有影响，鸡酒渐渐被人摒弃。然而，看到益母草膏，我明白了传统与习俗总是在不断扬弃中前进。益母草不因时代变迁而过时。几年前小宝出生时，我还特地交代大堂哥在郊外种上一垄益母草，这一手照料的益母草，方便、娇嫩，又放心。

鱼腥草

　　母亲常说，我小时候肠胃不好，三天两头拉稀，时好时坏。母亲天天忙里忙外，家里兄弟姐妹五个，一家嗷嗷待哺七张嘴，不要说她顾不上我，就是想治又能到哪儿看病呢？那时候，哪有条件看病？除非高烧得实在厉害了，才会背去几里外的小诊所看一下，顶多扎一针，再拿几颗药回来口服，就算是天大的事了。那时候，几乎所有的孩子生病了，都是一把青草药灌下去，要是还不行，就把人摁在板凳上刮痧，之后就看个人造化了。还好，母亲懂些草药方子，她天天煮一种狗贴耳药草给我当茶喝。遇上母鸡下蛋时，偶尔也会放颗蛋和狗贴耳一块儿煮给我吃。这样连喝了几个月，我的肠胃竟不知不觉好了。但母亲还不放心，隔三岔五地煮给我喝，也给家人当凉茶喝。喝着喝着，我的肠胃的毛病就再也没复发。母亲煮给我喝的狗贴耳，就是鱼腥草。

　　味如其名，鱼腥草的味道有点腥，甚至有点微辣，但晒干或煮熟后味却不重。鱼腥草的汤色像岩茶。在家里，清煮鱼腥草，再放几颗冰糖，就如一杯街面上的凉茶。加糖是对原味的篡改，其实，现在越来越讲究食材的原味，就这样清煮一壶当茶饮也相当不错。乡下人更习惯这种本味，最常见就是用它炖猪小肠或鸡鸭肉，肠胃不好，或咽喉肿痛，上火了，都喝它压火、通气。什么配料也不加，就用鱼腥草煮清茶，隔三岔五地喝它几碗，绝不会有坏处。乡下人还不完全把它当药看，几乎和艾草一样，比如佛掌榕、黄花草、臭水藤……许多药草都和艾草一样，用得最多的还是日常保健，调理机能，偶尔用它们炖一道汤来喝，它们是百姓日常的健康卫士。

除了炖汤熬凉茶，鱼腥草也是一道家常菜。鱼腥草和艾草的嫩根都和茅根一样，米白色，看了就有食欲。但艾草的根有点儿清苦，茅根显得太韧，鱼腥草则不苦不韧，还有点儿脆，把它洗净，去掉根须，切段，加入盐巴腌几分钟，然后再根据个人口味，加白糖、香醋、香油、蒜蓉、香菜和辣椒等调料拌匀，就是一道开胃凉拌菜。这道凉菜还具有清热解毒的食疗作用。

其实，鱼腥草本身就具有抗菌、抗病毒之说，甚至还有提高机体免疫力、利尿等诸多功效。有关它入药的古方子记载也非常多，在各地有关鱼腥草的称呼也千差万别，它的别名特别多：岑草、蕺菜、臭猪巢、猪姆耳、狗子耳……它在我们客家话里还被称为"狗贴耳"。

特别有意思的是，苍耳也有一大堆的别名。在乡下，几乎越受欢迎的寻常物，越是常用的青草药，它们的别名就越多。如此一想，这每一个别名的背后，何尝不是它受欢迎的指数？它们不是名贵物，只是房前屋后普通的一种草，成了百姓家常品，实用而且方便，这充满乡间俚语的别名背后，多像一个个熟悉的乳名，不但接地气，听起来也亲切。何况，鱼腥草、艾草、虱马头

这些实用的药草遍地都有，简直是长在房前屋后长年不断的百宝药箱，让人入心入脑。一代代人从不间断又能熟稔地使唤这味草药，它的名字就一代代口口相传下来。然而，隔山隔水，方言一步步拉开了它们和我们的距离，它们才会有这么多入乡随俗般的别名。

车前草

车前草给我的记忆是复杂的，每次与它碰撞都是在我感冒发烧时，伴随苦胆般的一瓢绿汁，在母亲的呵斥声中，我声泪俱下地囫囵吞下，肠胃翻江倒海般地翻涌，再次在母亲声色俱厉的一声棒喝中，生生地堵在喉腔里。随着情绪平歇，这生鲜苦辣的汤汁终于在我体内不断发酵吸收，最后转化为抵抗病毒的卫士，再次把我从病痛中解救出来。

在这一瓢绿绿的汤汁中，除了车前草，还有铜钱草、酢浆草、艾芽、马蹄金、马齿苋等五六样青草。这几样青草并不固定搭配，除了车前草和铜钱草是固定不变的，其他搭配的青草，我感觉它们更像是母亲临时的创意。童年时，母亲总是很忙，她看哪个孩子不舒服了，拉过来摸下额头，然后转身到屋外或田园边，抓一把青草洗净拿回来。那时家里连个捣药的小石臼都没有，她顺手把青草放在水瓢里，用菜刀把捣几下，再兑上淘米汁或井水，滤出来，然后让我们生生喝下去，过一会儿，再摸一下我们的额头，她便安然地干活去了。

车前草、铜钱草、马齿苋这些青草药，在乡下总被当作救命草。然而，它们一点儿也不金贵，房前屋后、四周田园特别多。

　　车前草，乡下老宅的石头埂上多的是。车前草长相特别，非常好认。每一株车前草都从根部抽出许多叶片，叶片椭圆像菠菜叶，最明显的是，每株车前草都高高竖起一根或多根的花穗，每棵花穗都像一根高高举起的小鞭子，招摇得很。每次去老宅，发现那石头埂上的野草就会顺手拔掉，但艾草、马齿苋、车前草总会被区别对待，家人总会把它们留下，耐心等它们长大些再拔起来，晒干、留用。

　　长大后，我明白了车前草的诸多益处，偶尔也炖汤来喝。奇怪的是，并没有童年时那令人难以接受的苦胆般的味道，反而显得很清淡，就像水煮淡竹、笔仔草一样，几乎是无味的，完全可以当清茶饮。仔细一想，童年时，母亲生生把它们捣烂，把它们的叶绿素、苦汁都洗在水中，让我们生食它们，所以才会那么

苦。上次朋友相聚，其中有道特色菜——水焯茶芽，一尝，感觉有一股难以接受的清苦味迅速占领味蕾，但再忍耐几秒，再咀嚼一下，茶叶那特有的回甘就涌上舌尖。我终于弄明白，母亲的青草汁就是这道茶，而平日里喝的青草药汤，就像泡出来的茶汤，它们在晒干后煮汤，这等于"重制"了一遍，自然也少了许多苦涩。

　　我始终有个疑问，母亲为何经常让我们吃艾草、鱼腥草，但从不让我们多吃车前草，非得生病了才会让我们吃。难道一辈子信奉青草的母亲对它了解不透？还是因它太苦，不合适当菜一样常吃？前阵子，我回家问母亲，谁知母亲却说，车前草是一味重药，性寒，那时家穷少油水，常吃怕人受不起，弄坏肠胃。看来，母亲对她经手的青草药真的比我们了解得都要透彻，看似忙乱地胡乱抓一把回来兑汁给我们喝，其实她心中都有数。

　　车前草有消炎杀菌、利尿、止咳、明目、润肠、抑制口腔溃疡等诸多疗效，还有人用车前草煮水喝，用来降血压，车前草是家庭的常备药。现在日子好了，常有人用乡下青草药来当保健品，车前草又成了城里的紧俏货。侄儿尿酸偏高时，他每次都熬车前草喝，连喝几天，他的尿酸就不高了。嫂子患有结石，她常年都备有车前草，想起它时，就熬一锅来当茶饮，十多年下来，她的结石居然也没再犯。乡下许多青草用途并非一成不变，在不同地方各有侧重，谁也说不清它的全部药性，更多的是家族集体记忆。许多青草药都是常试常新，总有惊喜，它的药用价值还在不断发掘中。

菝葜

　　菝葜，我们客家人习惯称它为"马甲子"，也叫它"马加勒"，这是一种让我们记忆深刻、喜忧参半的藤本落叶攀附植物。

　　"马甲子"和"马加勒"都是客家话的音译，"马甲子"是以其果实来称呼它，"勒"在客家话中就是刺的意思，"马加勒"则说明它是长刺的荆棘。其实这两种称呼都不完整，二者相加，才是它的原貌。

　　没错，菝葜长得和其他荆棘一样，藤蔓长得杂乱无章，还布满小刺，令人望而生畏。但它的叶子肥嘟嘟的，长长的卷须是它攀附的触手，抓住什么就爬过去。花儿细碎呈绿色，果实就像放大的句号一样滚圆。

　　说起菝葜，乡下人更是五味杂陈。菝葜的生命力极强，在山野田园到处都有它的身影。最遭人厌烦的是，无论怎么除它都除不净，掘地三尺，把它全须全尾地挖出来，来年它又将冒出来。但凡有小小的根须断在泥里，这东西一准复活过来，而且一旦冒出来，便如出泥的春笋，"噌噌噌"，不出几天，它很快开枝散叶长成一丛菝葜，并且还将蔓延下去，变成一大片的菝葜。它和作物占地抢肥不说，这家伙还特别不友好，难靠近，它茎蔓上有密密麻麻的刺，一上身不是拉破衣服便是扎伤皮肉。那一大丛荆棘般的菝葜，砍不断，理还乱，当柴烧都不稀罕，谁愿招惹它？

但菝葜也并非一无是处。菝葜刚钻出地面时，很像市面上的芦笋，脆嫩脆嫩的，轻轻一掐便折下来。这脆嫩的菝葜芽，我们叫"马加葜"，是我们童年最爱的牙祭。上小学时，每年开春后，放学回家大家都不走大路，而绕道从山上小路回家，就是为摘"马加葜"吃。

那座山是赤土山，黄土都结成砂粒状，很赤贫，山上草木稀疏。但菝葜却不挑肥拣瘦，在这缺少竞争的贫瘠之地反而长得越加欢畅似的，大家高高低低一路蹚回家，总能发现"马加葜"从眼皮下冷不丁地钻出来。谁先发现归谁的，一摘下来，唰唰地吃，几下就下肚了。味道微涩，多汁且有点儿黏，嚼起来很脆。小伙伴们争先恐后，漫山遍野找"马加葜"吃。等过了季节，"马加葜"都开枝长叶变成"马加勒"了，实在寻不到"马加葜"了，有时顺手摘几片嫩叶吃，比起"马加葜"，叶子就苦涩多了，但聊胜于无，也算是自我安慰吧。

其实，菝葜最让人惦记的不是"马加葜"，而是它的果实"马甲子"。从每年春分菝葜开花起，我们便惦记它的果实。和柚、桃、梨这些果实不同的是，几乎所有的水果都有个从小到大的成长过程，而菝葜从花结成"马甲子"后，几乎就再也没长大过，从季春到深秋，始终如一颗黄豆般大小。在它还是青果时，"马甲子"竟然涩得让人张不开嘴。一到初冬，菝葜那如冬青的肥绿叶子开始变黄、枯萎，"马甲子"便开始进入成熟期，每一

颗由青转黄再变红，渐渐地，每一颗都逐渐红透，一盏一盏地挂在茎蔓上。此时的"马甲子"，犹如一颗颗耀眼的山野明珠，闪着诱人的光泽，仿佛它一年的辛劳，就为留下这晶莹诱人果实。再有一场霜降，这红透的果实一夜冻翻，这小小的果实再次发生转化，一夜间，它由涩变甜，果肉中含有糖分较高的霜粉，成了最可口的小野果。远远望去，冬日的山野上，东一丛、西一簇的"马甲子"，成了我们解馋的牙祭，竞相采摘几盏来解闷，再顺手摘几盏回去和家人一起品尝，"马甲子"成了共同的记忆。

那年挖茶园时，看到那些顺手挖起的菝葜，它的根就像一排菱角粘在一起似的，又硬又尖，晒干后，用刀都很难劈开。菝葜俗称金刚刺，看到它的根茎我信了。让我有点意外的是，这又尖又硬的根茎竟能入药，多种古籍都记载它具有抗菌、祛风除湿、利尿解毒、散瘀解毒等诸多功效。或许，菝葜还有许多未解之谜，包括大自然中的每一抹绿色，都是有待我们详解的宝藏。

芒萁与里白

　　南方红土地上，若论数量最庞大的植物是哪类，那一定是芒萁。抬眼望去，几乎所有山头都被芒萁覆盖。山坡上，成片的芒萁看上去比人工草坪还整齐，几乎是同一高度同一弧面，凹凸不平的山体，看上去就像被高明理发师剪过的头发一样平整，连成一片连风也吹不透的绿色海洋。芒萁，是南方红土地最柔软的草垫。

　　芒萁，我们客家话叫"梨居"，闽南话叫"毛枝"。农家人过日子有讲究，衣有新旧，饭有干稀，烧的柴自然也有柴和草。以前乡下人家中都有大灶和小灶。大灶烧起来费柴火，小灶则相反。煮饭耗时，时间到了饭才会香。炒菜则需大火紧攻，这样炒出来的菜才青脆。所以，多是小灶烧柴用于煮饭，大灶烧草用于炒菜。大灶烧的草就是芒萁。

　　山上多的是芒萁，按母亲的话说"打早打暗"就能割担"梨居"回来。而且这"梨居"易干，现割回来都能烧着，不像木柴需要干透才能烧饭。而且"梨居"烧起来量也大，取火、炒菜、烧汤都要烧"梨居"，家中缺"梨居"则难以生火做饭。因而农家平日里上山拾柴，更多的是割草、割"梨居"回来烧。乡间屋

檐下，一面堆的是"梨居"，另一面才是柴。

任何东西一旦泛滥起来，就显得低廉无比，甚至少有人注意它的长相。芒萁是蕨类杂草，它有着棕褐色的茎干，叶片平展如两排长齿排列的锯，也像一把大大的牛角梳。上小学路上，大家还经常折它的叶柄，一路比长短，看谁是"冠军"，大家乐此不疲。除此，就真不知其有何用了。听母亲说，芒萁可入药，有止血、清热作用。小时候上山砍柴，若不小心被柴刀或荆棘划开口子，用手把芒萁一捋，把它暗锈色的细毛往伤口一摁还真能止血，差不多和往针眼上摁棉签一样。

　　芒萁有壳和芯两层。把它的棕褐色茎干两头折断，便可以抽出它的芯，它的芯和藤蔓一样柔韧，它的茎干可以当吸管，用它吹肥皂泡正合适，偶尔也折根芒萁当纸风车的轴，除此，实在想不出芒萁还能再派上什么用场。但若换成"大号芒萁"——里白，则完全是另外一番景象。

　　里白，我们客家话叫"大号梨居"，就是"大号芒萁"的意思。里白和芒萁同属陆生蕨类里的白科植物，看起来里白完全是芒萁的放大版。而且它们的个头，好比一个骆驼，一个山羊。

　　小时候喜欢看战斗片，经常看到解放军战士头上戴着用树枝

和绿草扎的"帽子"伪装前行。到山上放牛、养鸭时，我们也喜欢学着在头上扎些绿草。这时，只要折根里白窝起来一扣，就是一顶天然的绿色草帽，大家有模有样地戴着。上山拾柴时，也常会折根里白窝顶帽子来遮阳。然而，里白走入寻常百姓生活的原因绝不只是好玩而已，记得有一阵子，里白还是很值钱的东西。

不因别的，里白也和芒萁一样，也是壳套芯两层构成。里白又粗又长，它的茎干有筷子一般粗，它里面的芯条也是又粗又韧，呈扁平状，每根成年里白都能剥出一根两三米长的芯条。这些和藤蔓一样既坚且韧的里白芯，是各种编织物的上上等原材料，每年冬季，都有人来大量收购。

当时，乡下来钱的途径实在太少，除了粮食，就是家中散养的几只禽畜能换点钱。而这些，往往还要等过年时才能卖，还要用它们换回年货和新衣。所以，平日里，只要是能换钱的东西，都会蜂拥而上。

而有意思的是，芒萁个子相对较矮，它们便扬长避短般地分布在林带边缘，而且越开阔的向阳的坡地上长得越密。而里白正相反，它们似乎不太喜欢向阳坡，也不怎么挑剔场地，它们更多的是长在陡峭的山谷，经常和众多灌木杂草甚至荆棘一比高低，越是下坡山坳越多，乌泱乌泱的一大片。

在荆棘丛生的山谷中割里白绝不轻松，而且，有里白的地方，有一种叫"悬钩子"的荆棘特别多。这家伙毒辣，如鹰嘴般尖锐，一扎一道口子，割里白真如在刀尖上讨生活，在荆棘丛中钻了一整天，也割不了两大捆的里白。这些割好的里白，还要脱壳，把它的芯一根根剥出来，晒干后挑到广东大东集市收购点卖。一个壮劳力一天辛苦下来，至多也就换八九块钱，差不多能换回六七斤猪肉的样子，但全村老少都乐此不疲。

冬日历来是采伐的最好季节，这个季节里白又长又老还不招虫，剥出来的筋条条条都有劲。里白筋条如麦粒一般，圆弧形，中间有条腹沟，表皮有层米黄的蜡质状东西，再脱去那层蜡，才是它真正的芯，赤枣色，大小粗细均匀，又没疙瘩，这是它胜过藤条和竹篾的地方。潮汕多善编织的巧手，他们最喜欢里白，用它编织篮子、椅子、茶几以及各式手工品，色泽古朴深沉，纹理细密，结实、耐用、美观、透气，自然是编织物中的上上品，实用中还带有艺术品气息，看到就中蛊般地喜欢上了。买了用里白编就的东西，许多用久了还包浆，带上主人的气息，甚至成了老物件。

如今再也不见人收购里白的筋条了，即使有，也没人愿上山钻荆棘丛了。市面上到处充斥着塑料编织品，极少见到原生里白编织品。即使有，也是在极罕见的高端市场，摆出一副稀世罕见的模样。这些编织品已远离它的平民的影子。里白往往不是活在山上，而是活在人们的惦念中。

猪笼草的智慧

看到阳台两盆奇异绿植，我顿时惊奇不已。这是啥新鲜东西？竟自带一串小笼子，像一排风铃似的，让人一时摸不清它的底细。

仔细打量，这小笼子竟是从叶片尖端处"延伸"出来的，着实令人惊艳。在绿色王国中，叶片尖端好比是神经末梢，总是闭合的，而眼前这盆绿植，长帆形的绿叶上竟长出一根细长的藤条，藤条的末端再长出一个小笼子，就像细绳子系上一个迎风招展的小气球。然而，这哪是小气球？眼前这些小笼子，就像军舰鸟鼓起的喉囊，颜色鲜艳，笼壁上的脉络纤毫毕现，活力四射，更像是花朵或者果实，谁知竟是一个精心编织的活陷阱——猪笼草的捕虫笼。

一棵绿植竟然还有如此谋略？印象中，叶子除了光合作用，就是用来呼吸的，没见过谁用叶子来捕食的。难道它还吃荤？这可大大超出常理。然而，千真万确，眼前这一个个小笼子就是猪笼草赖以生存的捕食工具，那些误入笼中的蚊蝇通通都是它的大餐。猪笼草颠覆了我的认知。

这么新鲜的东西，不用说，它一下就成了阳台上的新宠，一家人早晚都要围着它评头论足，生怕漏掉了哪个精彩瞬间。只是，猪笼草却不像我们这般性急，一片新叶冒芽后，好像伸个懒腰都要三两天，它的生长速度一点也不快，就像树懒似的，总是慢吞吞的，一周后才能看清一片嫩叶的模样，然后再慢条斯理地生长一周，一拃长的长帆形叶片才基本长成。神奇的是，叶子尖端竟会长"尾巴"。它先长出一根卷须，一天、两天、三天，这根卷须越伸越长，和藤茎上的卷须一样，细细的。但它不蜷曲，也不攀爬，只是专心致志地长个儿。再细看，便发现卷须的芽端微微向上卷。它的芽端还微微膨起，越看越像狮子尾巴上那撮毛，简直就是线形迷你版的狮子尾巴。仔细一想，它那长帆形的叶片何尝不是抽象的狮身？

待这根"狮子尾巴"有点模样时，它便开始变戏法了。"狮子尾巴"开始一天天鼓起来，起初是一颗豌豆芽，扁扁的，指甲盖那般大；再过几天就挺起来了，头朝天空，像一只小小的啄木鸟，灵动，有姿势；再长大些，"啄木鸟"又有点儿像带弧度的桶形的杯子，也像卷起的小管；再过几天，顶端竟掀开一个盖子，加上那翻卷的笼唇，就像一个戴帽的舞者，张着一张大嘴巴，一副呆萌样。啄木鸟、桶形的杯子、翻卷的笼唇、戴帽的舞者，这位高超的魔法师使出全部手段，把自己变成一幅幅卡通的形象。

然而，就是这么一个卡通造型背后，却埋下致命的诱惑。那张开的笼壁上有着致命的花蜜，就像是宿命，所有路过的蚊蝇都纷纷中枪，滑向那猪笼草的深渊里，最后成了它的营养液。植物

都是以逸待劳的高手，它们看似慷慨馈赠的背后，其实都深藏一个绝世的使命，借助轻盈的翅膀，或飞奔的肠胃，在悄无声息中完成物种的繁衍生息。与之相比，猪笼草独树一帜，在热带潮湿的雨林中，想在这贫瘠的土壤中赢得生长，谈何容易。个子矮小的猪笼草在叶子上大做文章，每片叶子都进化出拟态捕虫笼，每一个叶片都是一个陷阱，猪笼草一生都在不断"编织"它美丽的笼子，过着猎人般的生活。这是猪笼草的智慧。

在植物王国，猪笼草并非异数，其实还有捕蝇草、捕蚊草，它们都是高超的猎手。这些看似长满"睫毛"的叶片，都是绝命的触手。只要蚊虫进来，就像触发了开关一般，张开的叶片立马闭合起来，一切都在劫难逃。在澳大利亚，还有一种"食肉"捕虫草，可以长到一米多高，能够"吞下"小老鼠、蜥蜴，甚至小鸟。这应该是捕虫草中的巨人了。为了生存，植物穷尽一切手段，练就必杀技，让人叹为观止。

那两盆水仙

年初二赶回县城，推开门，一股清香扑鼻而来，一家人心神一振，扔下行装就奔向放在客厅的那两盆水仙花。

除夕回乡下时，它刚竖起一枝花茎，挺着三朵刚开瓣的小花，怯生生地打量这个世界。我赶紧给它多加些水，还小心地套上一对中国结，红绿交辉，客厅顿时生机盎然起来。

随着疫情防控一天比一天吃紧，这个年过得心事重重，生怕陷在乡下，夫妻俩无法值班不说，今年高考的儿子就更被动了。他的题库都在县城，这紧要关头，谁拖得起？一路紧赶慢赶，昏沉沉地刚进家门，突然被这股清香打了一个激灵，顿时来了精神。大宝和他妈妈把鼻子凑上去，贪婪地嗅着。三岁的小宝围着水仙嗷嗷叫，又蹦又跳地发出一连串赞美，感觉小小的客厅一下被春天包围了。

街上广播不断，电视、朋友圈，铺天盖地的坏消息让心情越发沉重。宅家、宅家，还是宅家。环顾四壁，家成了最后的堡垒。等回过神来，妻说："你赶紧上街，先看看口罩，顺便捎袋米，再买些蛋回来。"我这才发现家中不但没有一个口罩，粮袋子也空空如也。

口罩与粮食平日不显贵，现在转眼就成了命根子，一刻也怠慢不得。我转身上街，跑了十几家药店也买不到一个口罩，还多亏小姐妹告知平和大桥桥头有一家药店尚有余货。果真，那家药店尚有些过期的存货，只要有人上门问起，老板便免费送几个口罩给人家先应急用。这当口，不抬价就算是义举了，何况是免费送。我拿到了十个免费口罩，转身到粮油店买了一袋米、一桶油、一袋蛋回家。

有了口罩和粮食，我总算心定了。宅就宅吧，一家人宅在一起，补补觉、说说往事、看看书、陪小宝捉迷藏、看大宝发愤苦读……把这段闲暇时光宅成一家最美的生活，想想都觉得美！

节后连日晴天，窗外鸟声啁啾，我们大人的心却先痒起来了。终于，趁着要去拉泉水的间隙，我们干脆带小宝到郊外透透气。大人和小孩都戴上口罩，遮得严严实实的，如过街老鼠般，一钻进车内，就直奔那著名的"蜜柚名人园"。

竟有一家子比我们先到，大家都知趣地躲在十丈开外，各自沿着柚园小径慢走。历经冬日修剪的蜜柚已经回过神来了，开始抽枝散叶，一些新枝上已挂满花苞。路边，酢浆草、藿香蓟、蔓花生……这些花花草草也都冒了出来，它们在没有脚印的阳光下显得更加油绿葱茏。我们漫无目的地走了半个多钟头，一路深呼吸，浑身舒展。想着大宝还在家苦读，赶紧回家。

有了这次短暂的"郊游"，次日我们还想乘着暖阳带小宝再到别处走走，却因单位临时有事走不开。再后来，随着确诊病例逐日攀升，疫情防控也越来越严。街上警车巡逻，天上无人机喊话，不断地规劝大家无事不出门。疫情发展到这种地步，谁还敢越雷池半步？只能乖乖地待在家中，再次把春天关在门外。

也好，趁宅家这段安静的时光，若把那些还没翻阅的书都翻上一遍，也算不负春光。翻出《时间的压力》，不出个把钟头，感觉眼花得不行，脖子也僵了，更要命的是书根本没看进去。小宝看我在家，不断地纠缠着，捉迷藏、玩游戏、讲故事、贴贴纸、滑滑车……简直把我当成百变马丁，宅不到一天我就崩溃了，只好躲到后阳台去发呆。窗外依旧鸟声啁啾，暖风拂面，楼下的草地越发绿得深了，与过冬的枯草形成鲜明的对比，季节在迅速换装，我却闷在家啥事也干不成，烦！

那就看剧吧！怕影响大宝学习，连她娘俩都自觉躲进卧室"静修"。我赶紧放下遥控器，呆坐在沙发上。这时，有一团香气袭来，这香气越来越稠，潮水般涌过来，感觉整个人被这股香气围住了。才发现电视柜上的两盆水仙开始盛放了。这团香气就像小火苗，一节节攀升，扑向屋里的每一个角落，直沁心肺。回来那天，两盆水仙各抽出三枝花茎，两天后又多出六七枝花茎，每枝花茎上都有三五朵花，大大小小次第绽放，每一朵水仙都像无形香气喷洒机，这几十朵水仙不停地喷出香气，满屋清香。

细细打量，远不止这些花，叶片下还有几十枝花茎在接力，前仆后继，这简直是一场比赛，照此情形，起码还能盛放一段时日。顿时心生欢喜，拍了图片发到朋友圈和大家分享。很快就收到几位亲友的回应，他们也发来美图，闹腾腾的水仙花，欢喜得很。朋友互相鼓励说等两盆水仙谢了，也就到春暖花开时，一切

也该过去了。

　　养水仙守岁已是多年惯例。今年的水仙带来太多的惊喜，花异常多，异常香，每个球茎上都长出六七枝花茎，花期也分外长，半个多月过去了，它依然盛放。宝妈每天为它拍图，她说，记录它的每一天，就是记录这个春天。这些天，亲友们都围着家里水仙交流不断，一致夸赞今年的品种远优于往年。这是好友她闺密家的水仙，最正宗的原产地保护品种，肯定错不了。那天，它娘家人还折腾了大半上午，专程从市区折回家送来，临别前还叮咛多日照，勤换水，就像送别一位远行的亲人。

　　天气日渐转暖，家里的水仙却开始凋零。在这宅居的日子里，我竟和两盆水仙相互守望了一个月。我每天与它对视时，都会获得一股平静的力量，正是这股力量让我步入生活的正轨，看书、写作、带娃、下厨，我差不多已是半个马丁了。街上，店面从昨天开始有序营业，公园也重新开放了，就像当初家里的那两盆水仙，一切都会很快闹腾起来。

节节草

　　有一些名词注定活在心底，即使不常显现，它也照常活在记忆中，伴随一辈子。于我，节节草便是其中之一。

　　节节草如今已退出家庭记忆，日常中无法言及，它是上代人的记忆。若在二十年前，节节草还是乡下人的平常物，它和丝瓜络、钢丝球的作用一样，就是用来洗洗涮涮用的。在乡下，它甚至比丝瓜络和钢丝球还好用，钢丝太硬，容易伤到东西；丝瓜络又显得太软，很多尘垢刮不下来；而节节草介于两者之间，最重要的是它洗刷干净又不伤物。

　　以前，一过腊月十五，大人们便会挑个晴天，全家来一次大扫除。这是一年中仅有的一次大扫除。这大扫除可不得了，家中里里外外，从门窗到床板，但凡家中能拆卸下来的木制类家具全部拆洗；接下来是蒸笼、簸箕、米筛、提篓这些竹编；再把大大小小的砂铝锅、油钵、饭钵，还有水壶、油壶、酒壶，以及各式各样的瓶瓶罐罐，只要能拆能拿能洗的全部搬出来。乡下人又没什么金贵的家具碰不得，每件器物都显得粗犷实用，无须太讲究，洗干净就能用。家中差不多被掀个底朝天，真的搬得只剩"承重梁"了，然后把"屋壳"留给大人清扫，我们小孩子们，

蚂蚁搬家般，把所有常用不常用的家什通通搬到小溪边洗刷一遍，真不亚于一次家产年终大盘点。

那时乡下又没什么洗洁精之类的，顶多就是一把草木灰。这么多家什要洗刷，没个顺手的东西使唤哪能行？节节草就在这时派上用场。这种长得有点像席草的木贼科植物，它表皮非常粗糙，有细砂布般的摩擦力。但它比较脆，特别是刚摘回来的节节草，很不经用，没几下子，一把节节草就稀烂如泥，这也是它不伤物的原因。晒干的节节草就结实很多。乡下人过日子，讲的是常备不乱。何况节节草又不是什么稀罕物，随便在溪边的滩涂上，稻田沟渠边，比比皆是，几乎每家每户常年都备有节节草。母亲总会提前备上一大捆的节节草。用它擦洗东西，几乎如同打磨一般。家庭主妇最看重的是盆盆罐罐，是蒸笼、提篓、酒壶、大锅小锅这些实用器件干净与否，不要说走亲访友，年前蒸糕、祭祀、杀鸡鸭、灌腊肠，时时刻刻都等着急用，往往左右邻居还要串用一些东西，我借你一个蒸笼，他借我一口锅，都是常有的事。大家共饮一眼井，难免在井边和庙会碰面。东西不怕旧，就怕脏。脏在人家眼里是无可救药的事，谁也不愿输在面子上，只有把家里东西都擦拭好了，主人的心才会敞亮。

那些常年烟熏火烤的砂铝锅，抓把草木灰浸一下，用节节草擦拭一遍，如同出炉新品，锃亮得很；那些一整年躺在仓柜里的水壶、油壶、酒壶，还有那锅碗瓢盆，用节节草上上下下擦拭一遍，雪亮得能照出人影来；特别是那些大大小小的木制锅盖、钵盖，还有家里的腰门、窗台、门板，一年到头风吹雨打，沾满污

渍粉尘，这些门窗桌台是一个家的门面，怎能不上心？用节节草一洗，很快就能看见实木的纹理。最难缠的是上一年糊的旧对联，很难撕干净，用节节草沾水一搓，纸屑纷纷脱落。经过年前一次大扫除，家家都窗明几净。

如今几乎连乡下也很少人用节节草了，大家都用钢丝和刷子，再加点化工洗洁精，把东西浸泡一下再洗刷一番，看起来也分外干净。但对习惯于草木灰和节节草的老母亲还是感觉很别扭，她总觉得那些买来的东西不顺手。母亲一辈子都生活在青山绿水间，她习惯于粗朴的手工家什。她说这些手工家什虽粗朴，但结实，使唤起来也顺手，使得顺手的东西都会有感情，她才舍不得用钢丝刮，这铁东西很伤物件，皮都会刮下来，物件自然也容易坏。母亲也反对用洗洁精清洗家具，特别是盘碗杯盏之类的餐具，她总觉得进嘴巴的东西还是不碰化工品为好，再油腻的东西，两瓢热水，顶多再撒把草木灰，再用节节草洗刷一下就干净了。母亲总能在绿色植物间，找到生活的全部钥匙，节节草便是她的家庭清洁卫士，她一辈子都没嫌弃过。

前阵子回乡下，看母亲正在收拾那些瓶瓶罐罐的旧家什，再看老屋的天井边还晒着一排节节草，就知道她又准备大扫除了。我拿起一捆干透的节节草，轻轻一捏，干燥的节节草窸窣作响，粗糙中感觉有股涩涩的韧劲，这韧劲足以打磨生活中的一切尘垢。我再拉着母亲的手，感觉几乎和节节草一样，粗糙得有些硌手。我仔细打量这双被生活打磨了一辈子的老手，发现这是世上最干净、最温暖的手。

恐龙的食物

前阵子，平和南胜大矾山惊现野生桫椤群落，这久远的孑遗物种再次露出真容，让人惊喜不已。

桫椤属蕨类植物。蕨类植物成千上万种，常见的有槲蕨、紫萁、肾蕨、毛蕨、凤尾蕨、金毛狗蕨、观音座莲等，它们喜欢长在阴湿的山谷中，与灌木杂草为伍，常年鲜活翠绿，像剪开的芭蕉叶，轻盈、素雅。

在闽南，最常见的还属乌毛蕨。每年阳春，被雨露浸润的乌毛蕨纷纷冒出嫩芽，拨开长长的蕨叶，一棵棵水灵灵的蕨芽便露出来。蕨芽呈青红色和青绿色，带有锈色绒毛，如芦笋一般，鲜活，脆嫩，芽端卷起像个小拳头，轻轻一掐便折下来。半天时间，便能采回一袋蕨芽，三月成了采蕨的季节。

小时候，有人专门收购蕨干，据说远销日本，蕨成了那个时代的紧俏商品。采回的蕨芽放到锅里，用开水焯熟，再晾晒、捻揉，晾干后拿到定点收购处出售。如今没听说收购蕨干了，倒是集市常有出售，这带着山野气息的蕨芽，配上腊肉和咸菜爆炒，脆嫩爽滑的蕨菜绝对是一道佳肴。不仅下饭，野生的蕨菜还富含人体必需的几十种营养素，成了难得的山珍野味。

从基因上说，桫椤和乌毛蕨是近亲，但从进化角度看，好比现代生物遇上了远古生物，乌毛蕨是从远古进化而来的，而桫椤还保留着远古的样貌。早在三亿年前，这蓝色星球陆地上，随处可见高大的桫椤，粗壮的树干上，张开伞状的叶片。谁能想，状似里白的桫椤叶，竟是恐龙的最爱。

桫椤叶其实没多少营养，但就像熊猫钟爱竹子一样，这粗大的叶片正好可以充填它强大的胃肠。大象一天能吞下几百斤食物，大如鲸鱼的植食恐龙，恐怕一天能吞下几千斤的食物。大象能轻松咀嚼手指粗的竹子，对巨人般的恐龙来说，桫椤的枝叶不过小菜而已。

蕨是最早登上陆地的植物类群，几亿年的沧海桑田，地球上大多种群都变了模样，以前遍地都是大树般的蕨，如今桫椤成了仅存的木本蕨类植物，成了活化石。试想，在那生物大爆发的时期，无论高山与平原，到处都绿意参天，地上巨兽横行。生物种群的兴衰与它的食物来源息息相关，每一种生物都有对应的食物谱系，它们之间犹如鱼和水的关系。桫椤，曾经是森林的常客，它是一个庞大种群赖以生存的食物来源，然而，令人出乎预料的是，恐龙灭绝后，没有天敌的桫椤，反而成了森林里的濒危种群，它让人看到物种脆弱的另一面。

　　不由得想起非洲稀树草原，在那极度缺水的地方，高大的金合欢树成了最显眼的风景。很难想象这高大的背影背后，竟是与长颈鹿几百万年来生死搏杀进化而来的。几百万年前的金合欢树还是灌木，而当时的长颈鹿也不过是梅花鹿的身高而已。在非洲草原旱季，对长颈鹿来说，难得一见的金合欢树的枝叶简直就是致命的引诱。但在极度干旱的沙漠，失去枝叶将有丧命的危险。对金合欢树来说，枝叶就是它的命，为了对付那些贪婪的舌头与利齿，它开始不断地拔高个子。谁知，长颈鹿为吃到金合欢树的嫩叶，也跟着长出大长腿和云梯般的脖子。一招不灵，金合欢树便长出坚硬长刺来保卫自己，长颈鹿随之也跟着长出长长的舌头，不管多长的硬刺都难不倒那半米长的坚韧舌头。遍身利刃竟防不住对手，金合欢树只得使出撒手锏般的绝技，分泌出砒霜般剧毒的单宁酸，同时还随风释放乙烯信息素告诉同伴们。数百米内的金合欢树，都会随之分泌毒素，一起抵抗入侵者。但长颈鹿也很快摸透了对方的路数，它总是站在下风口，围着一棵金合欢树吃上几分钟，待味道不对时再逆风前进到另一棵金合欢树继续

饕餮大餐。几百万年来，金合欢树和长颈鹿从最初的唇枪舌剑演变为生物大战，它们演绎了植物和动物间的生死搏杀大戏。但它们之间仍然没有决出胜负，这场无休止的攻防大战还将持续。

其实，为了保命，许多动植物都不断武装自己，而金合欢树简直武装到细胞了。对金合欢树来说，除了长颈鹿，莽撞大象更致命，它发起脾气来甚至能把整棵树撞倒。为了自卫，金合欢树竟把坚硬长刺进化成中空巢穴，还分泌出蜜汁吸引蚂蚁免费入住，让蚂蚁成为它的卫士，这样大象就不敢轻易造次了。你看，它竟能搬来救兵，金合欢树简直成精了。

金合欢树和长颈鹿是食物链上相生相克的一个缩影，在它们共同搏杀的背后，人们看到了生物界物种的多姿多彩。桫椤可能正因失去了对手，才在进化的路上迷失了方向，丧失了动力。